大转型

幸福广东率先垂范

王廉　张勇　著

The Great Transformation

暨南大學出版社
JINAN UNIVERSITY PRESS

中国·广州

图书在版编目（CIP）数据

大转型：幸福广东率先垂范/王廉，张勇著．—广州：暨南大学出版社，2012.10
（幸福广东丛书）
ISBN 978－7－5668－0366－5

Ⅰ.①大… Ⅱ.①王…②张… Ⅲ.①电视专题片—解说词—中国—当代②幸福—人生观—广东省—通俗读物 Ⅳ.①I235.2②B821－49

中国版本图书馆CIP数据核字（2012）第242303号

出版发行：暨南大学出版社

地　址：中国广州暨南大学
电　话：总编室（8620）85221601
营销部（8620）85225284　85228291　85228292（邮购）
传　真：（8620）85221583（办公室）　85223774（营销部）
邮　编：510630
网　址：http://www.jnupress.com　http://press.jnu.edu.cn

排　版：广州市天河星辰文化发展部照排中心
印　刷：佛山市浩文彩色印刷有限公司

开　本：787mm×1092mm　1/16
印　张：12.25
字　数：155千
版　次：2012年10月第1版
印　次：2012年10月第1次
印　数：1—2000册

定　价：33.00元

准确把握建设幸福广东的科学内涵和要求*

汪 洋

中共广东省委深入贯彻落实党的十七大和十七届五中全会精神，立足新起点，把握新形势，提出要加快转型升级、建设幸福广东。这是广东“十二五”发展的核心任务。准确把握其科学内涵和基本要求，对做好全省各项工作具有重要意义。

加快转型升级、建设幸福广东，是一个具有丰富科学内涵的有机整体。这其中，转型升级是手段，幸福广东是目的，二者统一于我们加快转变经济发展方式、推进科学发展的具体实践。加快转型升级，就是要着力提升自主创新能力，加快建设现代产业体系，促进内外需协调拉动经济增长，促进城乡区域协调发展，促进经济社会协调发展，从而夯实物质基础，保证人民群众有更给力的幸福，更长久的幸福。建设幸福广东，就是要坚持以人为本，维护社会公平正义，保护生态环境，建设宜居城乡，改善社会治安，保障人民权益，畅通诉求表达渠道，满足人民群众文化需求，从而强化转型升级的目的依归和价值导向，使转型升级成果更好地转化成人民群众福祉。归根到底，就是要通过转型升级增强广东经济社会发展的均衡性、协调性、可持续性和核心竞争力，不断创造社会财富和公平分配社会财富，让人民群众共享发

---

* 题目是编者所加。

展成果，过上好日子，增强幸福感。可以说，加快转型升级、建设幸福广东，既体现了中央要求与广东特色的统一，又体现了经济发展与社会发展、物质发展与人文发展的统一，还体现了发展路径方向与发展价值取向的统一，是一个立足实际、面向未来的科学发展愿景。

——摘自汪洋同志2011年1月6日在中共广东省委十届八次全会上的讲话

为人民谋幸福是我们的崇高使命。建设幸福广东是落实科学发展观以人为本核心理念的深化和体现，是转型升级的价值追求和目的依归，是贯穿社会主义初级阶段的长期任务。改革开放三十多年来，我们以经济建设为中心，创造了发展奇迹，极大地改善了人民生活。但在发展的过程中和发展起来以后，我们更真切地感受到，如果错误地把发展手段当成了目的，就会偏离为人民谋幸福的初衷，导致发展陷入片面性，使人民群众难以充分享受改革发展成果，有的甚至会损害人民群众的根本利益。如果不引导全社会树立正确的幸福理念，以物为本、金钱至上的现象就会难以纠正，焦虑感上升和幸福感下降的问题也难以克服。我们必须始终坚持发展为了人民，发展依靠人民，发展成果由人民共享，把是否以人为本，是否为人民群众谋幸福，作为检验和衡量我们一切工作的重要标尺。

幸福广东具有丰富的科学内涵，既包括满足人民群众物质文化需要，又包括保障人民群众社会政治权益，是物质需要与精神追求、客观标准与主观感受的有机结合，是物质富裕、安全和谐、生态优美、宜居宜业、民主法治、公平正义、文明进步的有机统一。建设幸福广东，归根到底就是要通过推动科学发展、促进社会和谐，把幸福变成人民群众实实在在的物质精神享受，让人民群众逐步过上富裕、文明、有归属感和安全感的好日子。

建设幸福广东，必须突出改善民生。要大力发展各项民生事业，推进基本公共服务均等化，努力使全省人民学有所教、劳有所得、病有所医、老有所养、住有所居。要深化教育改革，促进教育公平，创建教育强省，争当教育现代化先进区，打造南方教育高地，走出一条具有广东特色的教育发展路子。就业和创业是创造幸福的源泉和基础，要坚持就业优先，加强职业技能教育，提升就业质量，鼓励全民创业，放手让一切创造社会财富的源泉充分涌流。发展和谐劳动关系，保障劳动者合法权益。深化分配制度改革，多渠道增加城乡居民收入，缩小收入差距，促进分配公平。深化医药卫生体制改革，加快建立基本医疗卫生制度，为群众提供安全、有效、方便、价廉的医疗卫生服务。完善食品安全溯源机制，建立严格的食品药品安全监管制度。加强安全生产工作。加大保障性住房建设力度，探索房地产市场健康发展的长效机制。要围绕提高统筹层次和保障待遇增长的可持续性，完善社会保障制度，统筹做好社会保险、社会救助、社会福利、社会慈善等工作，加快构建统筹城乡、惠及全民、与经济社会发展水平相适应的社会保障体系。做好人口计生工作，提高人口素质。树立绿色、人本、集约、智慧、包容的城市发展理念，广泛开展幸福村居创建活动，努力建设美好宜居城乡。加快全省绿道网、生态景观林、社区绿地公园、森林公园、城乡文体场馆等建设。健全改善民生工作机制，建立为民办事征询民意制度。

建设幸福广东，必须突出文化引领。没有文化支撑和精神富足，就没有真正意义上的幸福广东。要以建设文化强省为目标，深化文化体制改革，加快完善公共文化服务体系，繁荣文化事业，壮大文化产业，积极动员和引导社会力量参与文化建设，充分保障和满足人民群众精神文化需求。要培育理性平和、开放包容、知足常乐的社会心态，引导全社会树立正确的幸福观。大力弘扬岭南优秀文化，发挥优秀传统文化在民众生活和社会治理中的积极作用，大力宣传和实践“厚于德、诚于信、敏于行”的新时期广东精神。着力提升全民思想道德和科学文化素质，提高全面参与建设幸福广东的意识和能力。广泛开展全民健身运动，深入实施国民旅游休闲计划，倡导文明健康快乐的生活方式。

建设幸福广东，必须强化制度保障。要以规则公平、机会公平、权利公平为导向，加强社会领域基础性制度建设。弘扬劳动光荣的理念，让劳动者得到全社会的尊重，使之享有与其贡献相适应的荣誉、地位、福利，拓宽工农群众参与日常经济社会事务管理的制度通道。破除潜规陋习，创造公平公正、活力有序的社会环境，让守规矩的人不吃亏，让有本事的人有奔头，各尽所能地追求和创造自己的幸福生活。遵循市场经济规律和社会发展要求，进一步破除地域、户籍等限制，调整完善经济、社会、文化政策，促进社会阶层之间的良性流动，防止社会阶层固化和“代际传递”。完善异地务工人员积分入户城镇、考录公务员、参加社会管理等制度，促进他们逐步融入所在城镇。进一步完善幸福广东指标体系，把人民群众满意不满意、高兴不高兴、答应不答应作为评价幸福广东建设的根本标准，使之成为引导领导干部改进工作的“指挥棒”，从制度上保证幸福广东建设的正确方向。

建设幸福广东，必须充分发挥人民群众的主体作用。人民群众是创造历史的主体，也是建设和享有幸福广东的主体。追求幸福，是人民的权利；造福人民，是党和政府的责任。我们必须破除人民幸福是党和政府恩赐的错误认识，切实维护并发挥好人民群众建设幸福广东的主动性和创造性。尊重人民首创，让人民群众大胆探索自己的幸福道路，使每个人在努力创造个人幸福生活的同时，也为增进全社会的幸福奉献心力，实现全省人民共建共享幸福广东。要防止急功近利、形式主义等错误倾向，既积极作为，又量力而行，与经济社会发展相适应，循序渐进地提升全民福祉。我们相信，只要人人都为我们共同的家园添砖加瓦、贡献力量，幸福广东的美好愿景就一定能够实现。

——摘自汪洋同志2012年5月9日在中国共产党广东省第十一次代表大会上的报告

要认真总结一年多来的探索实践，更好地把握建设幸福广东的科学内涵和基本要求，认识到广泛认同积极向上的社会价值观，是建设幸福广东的精神支柱；适应开放条件下的科学的社会治理模式，是建设幸福广东的重要基础；与经济发展水平相适应的基本公共服务保障体系，是建设幸福广东的主体工程；安定、和谐的社会秩序，是建设幸福广东的题中应有之义；国际化、法治化的营商环境，是建设幸福广东的必然要求；宜居宜业的城乡环境，是建设幸福广东的重要载体。从实践来看，必须加快转型升级，夯实建设幸福广东的物质基础；必须创新体制机制，为建设幸福广东注入新的动力；必须坚持与时俱进，把握好人民群众的新期待、新要求；必须充分发挥人民群众的主体作用，共建共享幸福广东。要勤于思考、勇于实践、善于总结，推动建设幸福广东工作广泛深入、持久有效地开展。

——摘自汪洋同志2012年7月26日在建设幸福广东现场会上的讲话

前 言

这是一个大转型的时代。

中国正处于由经济主导向社会主导转变的十字路口，早转比迟转好。对于大转型，整个社会认识还不深。许多城市和地区在制定发展战略时似乎仍以经济为中心，企业仍以资源为中心，这种落伍的战略思路不免令人忧心忡忡。

广东一直是中国发展的缩影，而税收过百亿的虎门镇转型的艰难、专业镇模式的寿终正寝、政府主导的尴尬，都昭示着我们实现整个战略转变之迫切和艰难。

从企业方面看，若不以人为中心，不以创新为中心，任何企业都难以长久立足。一向辉煌的深圳唯冠公司破产，即使苹果公司赔偿6 000 万美元也还是资不抵债，给中国其他企业敲响了警钟。

以经济建设为中心的时代强调的是以资源为主导，而以社会建设为中心的时代强调的是以人为本。未来的时代竞争，关键在于“人的社会化”，关键在于人的竞争。如果只看到政治、经济的力量而忽视了人的力量，必然会失去政治经济的优势而痛失先机。

在本书写作过程中，陈顺军先生在搜集资料、编校方面做了大量工作，在此表示谢意。

本书是政经电视专题片解说词，由经济学家、广东省城市社区建设研究会副会长王廉和广东省社会科学院文化产业研究所副研究员、广东省城市社区建设研究会秘书长张勇撰稿。

作 者

2012 年 8 月

目　录

准确把握建设幸福广东的科学内涵和要求………… 汪　洋 1

前　言 …………………………………………………… 1

第一集　转型 ……………………………………………… 1
第二集　定位 ……………………………………………… 19
第三集　格局 ……………………………………………… 35
第四集　台阶 ……………………………………………… 51
第五集　路径 ……………………………………………… 65
第六集　话语权 …………………………………………… 79
第七集　灵魂 ……………………………………………… 93
第八集　公民人 …………………………………………… 109
第九集　民生 ……………………………………………… 123
第十集　底线 ……………………………………………… 139
第十一集　文化力 ………………………………………… 153
第十二集　社会建设 ……………………………………… 167

参考文献 …………………………………………………… 182

后　记　走向绿色时代 …………………………………… 184

第一集

转　型

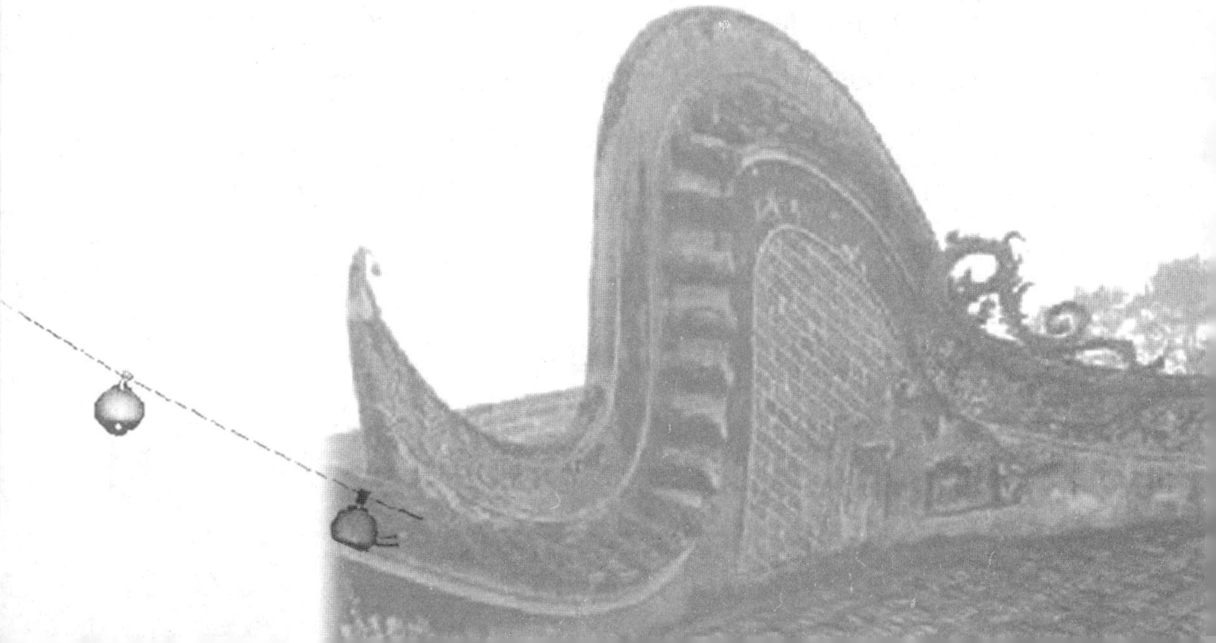

【男女声朗诵】

朋友，亲爱的公民朋友，
今天我们为何有这么多诉求：
入学与住房，公平与正义，
还是解码当代幸福命题？

朋友，亲爱的公民朋友，
幸福作为愿景与政策已成世界性话题。
转型升级，包容发展，
全球已迈入经济社会大转型！

虽然今天我们仍有许多困难，
但比起当年的食不果腹这又算得了什么。
即便像乔布斯那样明天死去，
我们的未来也会因壮烈而新生。

2008 年，深圳罗湖海关。当大洋彼岸的纽约金融海啸声起，全世界在这一刻从呆滞到惊愕再到彷徨之际，广东迎来了 2009 年的春天，迎来了 1 亿常住人口，成为“第二人口大省”。与此同时，某报刊一角刊登了一则几乎被世人忽略的“豆腐块”消息：广东 2009 年境外出入境游客过 1 亿。这两个“1”，标志着广东经济转向流动性增长，由柔性经济主导向社会主导转型。这两个“1”，只有法国、西班牙等少数发达国家有过这样体面的经历。

【音乐声起　推出片名　转型】

我们习惯了栽花不栽刺的文化氛围。广东人这一次却很冷静：政界没有歌颂“丰功伟绩”；学界没有搞出“二八三六”理论；民间也没有龙狮凤舞。大家显然都在思考：我们的经济到底怎么了？短暂的激情过后，我们到底该怎么办？

从20世纪冷战时期的“零敲碎打”到八九十年代的“科学终结”之议与“科技大交叉”再到90年代的“互联网经济”勃兴，从“亚洲金融风暴”到近年来的“全球金融危机”，从“民主与改良性专制”到“普世价值”之争，从炒股、炒房、炒矿产到跨越国境投资，从实物到精神，全球都在交流、交锋、交汇、交融与纠缠中，经济全球化还没完成，社会全球化又已经来临。全球都在转型。

广东人坚定不移地强化自身转型，政府从领导服务型转向引导服务型，再转向在公共产品短缺时代购买社会服务，社会转向金融、科技、人才、创意主导经济，而全球过剩的流动性使新兴市场国家遭遇万亿美元横祸，美国成了罪魁祸首。广东脆弱的经济、脆弱的生态拖得起、输得起吗？广东能不转型、不快转型吗？

背负蓝天朝下看，唯见地球蓝色，连沙漠也蒙上了一层蓝雾。蓝色成了生命、希望与国际流行色。转型，不就是转向一个蔚蓝色的生命、蔚蓝色的希望和蔚蓝色的未来吗？

发达国家经济向左、社会向右。经济向左：国家帮忙打头阵，经济、战争、人权、资本、金融一切经济化；社会向右：政治、文化、生活方式全球化、法制化。

中国的经济转型尚未完成，社会转型又成了主流。一条轨道上的两列火车竞轰隆隆地开行。我们只能向前！

思想有多远，路就有多远，发展就有多远。

2008年，与自然界的中国南方数省百年不遇的雨雪冰冻突然降临相反，广东思想界的“以新一轮思想大解放推动新一轮大发展”的涌动春潮却如期而至。刚刚履新上任的中共广东省委书记汪洋在省委十届二次全会上纵论广东忧患，指出广东要以世界眼光和战略思维全面审视发展大局，落实到争当实践科学发展观排头兵的主题上，不能捧着“总量第一”的招牌故步自封，要向“对手”学习，向“追兵”学习，敢于向世界先进城市“叫板”。

汪洋在中共广东省委十届二次全体会议上要求各级官员“树立世界眼光”

“居安思危”与“乐不思蜀”，政治与人性总是结伴而行又常常水火难容。

中央政府从20世纪90年代起就要求各地方与各行业解放思想，加快经济社会转型，可是经济发展的高速列车让人们有些忘乎所以。

经济转型难，社会转型更难，思想转变更是难上加难。

广东在经济社会混合转型中，也很难理清先转什么后转什么，只好采取最务实的办法，那就是将“全球化”与“公平公正”作为标杆。广东人的务实在于少讲民主，却培育了南方报系；少讲自由，却与政府网上对话最频繁；广东人怕事，170 年来展示的却是不惧死；少对立，多帮衬；少讲价值，多主动沟通。广东经济社会转型亦如此，这可能与其深层次的文化底蕴有关。

近现代的中国转型经历了一百多年，“国民性”、“抑皇权，兴民权”、“西学东渐”亦争论了一百多年，但都无果，以致胡适等人当年曾发誓“三十年不谈政治”。那么，今天的社会转型是继续纠结这些，还是从创新管理体制入手呢？

龙永图曾对白岩松说：“小白，谈判是双方妥协的艺术，任何单方面的赢都不叫谈判，那是征服，或者说是战争。”

我们相信今天的德行不比 30 年前差，也不会比 100 年后好。社会的进步通常都发生在十字路口，各种力量、矛盾的冲突，都应当是多边谈判中的妥协。只有妥协，才有底线，才能从事顶层设计，才能双赢。不要站在道德立场讨论道德，从深层次来说“小悦悦事件”是社会救助制度的不完善。

广东转型是与全球流动性、国际法、普世价值、社会公德等的对接。在国际合作中，个性要服从共性。比如多边谈判机制、排放权交易、民主法制、PM 2.5、企业产权制度、专利授权、国际人权法、海洋公约等，都不能以自身喜好单方面决定。

转型是“灵魂深处”的革命，一如 30 年来社会中人的身份、面貌等发生的深刻变化。如果公平、公正离开了“幸福感”，这样就等于开空头支票，甚至令人更加伤感。

广东的选择在于：引入倒逼机制、追踪管理、流程设计、精细化运作，以底线倒逼，加快转型。比如用3年时间，基本完成底线设计，再用3年实施“轴承式对接”，再过3年实现“准国际对接”，到2020年，有望基本实现国际对接和主要领域的转型，到2030年基本实现社会转型。

【再次推出片名　转型】

有些广东人对转型提不起兴趣，是否因为觉得发达国家也乱了，没什么值得学习的？中国经济正蒸蒸日上，谁说我们不能引领世界潮流？广东的加工业被人鄙视了多年，OEM代工还不是如日中天？自主创新的ODM又怎样？

显然，郎咸平讲的“产业链阴谋”有些偏颇。深圳1 500万的人口中有1 000万人从事利润链5%～10%的生产，东莞1 500万的人口中有1 000万人仍沉浸在世界工厂的睡梦中。

广东的现状是：早在几年前，深圳、东莞的不少来料加工企业就已步履蹒跚了。

过去是山雨欲来风满楼，现在是风满楼了雨不来，连号称能剖析市场机制的微观经济学也无能为力（解释这种现象）。

金融危机实际上早在2006年就已初现端倪，以善于分析经济繁荣或萧条自居的宏观经济学家却没能预测到广东出现的窘境。

传统思维是：从体制内向外看，往往是当局者迷，如房地产业只看到“好处”而未看到“暴利”的危害，一些学者以西方为“师”，没有创新理论，也是从内往外看，纠结于“话语霸权”，实则做了市侩帮凶；而一些失意官员、政客走出体制窗口，则往往从外往内看，认为政府“不地道”。理论界的混乱症结也在这里，都没有从“双边”的经济分析方法转向社会“多边”

思维。

自负的我们别说对于即将到来的经济和社会转型缺乏深刻认知，就是“面对”这一转型，仍然争来论去！人的愚蠢在于时时自视高明！

2007 年，美国“房事”出了问题，是房地产泡沫及金融衍生产品过剩所致。我们今天出现的房地产泡沫与过快的金融产品创新是否会导致我们付出更大的代价呢？美国最大的两家“次贷机构”房地美与房利美的形象在美国民众心中的轰然坍塌，搞得美国当局一时不知所措。一向以“国内民主，国际霸权”立国的美国，不得不低下头来向国民承诺满足其诉求，愤怒的美国人食利惯了，怎容得了“两个骗子”打劫食利。这是教训吗？广东人显然也在伸长脖子“观火”，缩着颈子私下议论、担忧。2010 年广深房价比超美国，一些广东人一马当先跑到澳洲或美国买房、买地、买矿产。

是该赞扬还是该不安呢？

有人说，大英帝国也是自顾不暇。竞选首相时卡梅伦形容英国是一个“破碎的”社会，他的竞选，就是要改变现状，让英国各行业和各类人群互助友爱、和睦共处，建设一个和谐的理想

“大社会”。

我们怀疑：他能做到吗？

广东人渐渐明白，我们的转型是与西方不同的：他们是转弯抹角地改良，转变输出纠结、流动性、债务、疲惫的人权观；我们卖苦力、卖微利产品却要承担发达国家的痛苦、垃圾和无理，还要“全球化”搞转型经济与社会。而我们的尴尬之处在于尽管有一定的经济建设经验，却缺乏社会建设的长期实践。

我们面临祸福难料的前景，既沾沾自喜又茫然不知所措。病急乱投医，救火式的治理与应对，往往“过后方知”损失的是西瓜，捡到的只是芝麻。

经济可以“纠结”发展，你中有我，我中有你，社会建设却不能“纠结”，否则就变成了“纠缠”。

我们今天的许多问题就是因为用经济方法管理社会而导致纠缠不清！

自2008年金融危机之后，十年一周期的经济学定律随着欧债危机的到来被打破，不可预知成了常态。实际上，人类已进入跳跃式发展或创意决定命运、祸害击垮大堤的“双生”式第三次工业革命，任何省、市、企业的行为都可能是一个缩影。人类正战战兢兢地向前迈步。过去任何时候都没有像今天这样急需转型、转变、转轨！如今它已不再只是时代性问题，而成了常态！

对于经济、社会转型，我们国家仍是非常清醒的。中央政治局常年学习，几乎都会提到同一个问题：转型是全球大势所趋，转型也是发展，转型升级是创造更大的市场空间，提升企业、区域与科技竞争力，从而实现科学发展、和谐发展、包容发展。

广东从20年前国家要求转变增长方式起，到几年前国家要求各地节能减排，都未能完全落实与中央签订的协议。时间到了却仍然有诸多不满意之处。

经济转型如此艰难，社会转型更将任重道远！

以单一的经济标准管理社会，影响人与人之间信任和信仰的建立；向社会管理主导转型是当前的重要使命，曾被清代利用并打压而衰落的道教，一心想“道德一体，教化众生”，最后却连自己也救不了，发人深省。

市场经济培育公民的社会转型精神，政府的大力推动成就了转型升级的华丽身影。

广东创意产业协会会长冼燃创办的设计公司第一个在主板上市，依靠创新转型立世。

这是否表明，广东的企业既是转型的积极践行者，也是中国企业的一个缩影，并正融入到世界转型的步伐之中？

转型是发展，也是梦想。当乔布斯神话画上句号，苹果以700亿美元储备书写传奇，便表明当今发达国家的盈利只能靠人的创新转型获得。

市场的奥妙正在于此。

广东人坚定不移地认为，未来经济是创新型经济，而组织形式则是商会经济。广东经济从资源型、传统型、工业型、产品型向资本型、技术型、产业链型、品牌型这“四型”转变，实际上是经济的转型升级与社会转型的衔接。

制度顺应时代就是生产力。

转型是一种大机制、一种智慧的制度变革，也是公民的价值观诉求。

古人云：“用人不疑，疑人不用。”今天看来，这种“人治”观欠妥。“用人要疑，疑人可用”，用制度去约束才是真理。

广东社会转型从政体维护型、权力领导型、国企主导型、行政垂直管理型、人治型向制度创新型、引导服务型、社会企业型、网络组织管理型、法治型的“五型”社会转变，实际上是向培育中介组织和公民法制社会的转型。

广东显然很清楚世界大环境，清楚国家所赋予的使命和应承担的责任：错过了这次千载难逢的经济、社会转型的机会，就像错过了20世纪90年代迎接世界产业大转移的机会一样！转型的整体性，表现为政改之下由经济与社会双轮驱动，今天更表现为经济融入到社会改革之中，而不宜纠结在“整体”与“政治”上，这才能在体制与规划框架下的社会转型轨道上平稳而快速地行驶。

【演播室　专家谈转型】

（略）

转型，是一种态度，是对接国际，对接现代化，对接自己和未来！

广东的转型优势在于空间广、文化中庸、态度从容淡定，困难在于纠结、纠缠与纠偏！

广东不少代工或中小企业的倒闭，实际上是不转型或转型慢的结果。不转型，就意味着与世隔绝，意味着坐以待毙！历史上的贪官、无能政府不也“被转型”掉了吗？没有快速转型、时时转型的危机意识，就不是科学地持续发展，就是报喜不报忧，自欺欺人。

能否成功转型，取决于经济的市场转型和权力的社会转型，而它们都指向同一标杆：转型中要运用智慧，要有魄力才能成功！

从古至今，从中国到欧美，从猿到人，是一部人类史，也是一部比拼智力的转型史！

易建联是广东人，也是有“预期转型”本领的人，他是第四位进军美国职业篮球联赛的中国球员。他一到美国就用娴熟的英文告知对方“不用翻译”。在2004—2006年他帮助广东宏远宝玛仕队三夺中国职业联赛冠军，成为CBA篮下最有统治力的中锋之一，队友们却几乎不知道他可以和英语系区的人士自由交流。

广东提出必须树立世界眼光、增强忧患意识时称：广东得益于邓小平改革开放的政策先富起来，经济总量20多年来在各省市区中连续多次排名第一。长期捧着“总量”这块招牌，听惯了赞誉，个别官员因此产生优越感和骄傲情绪，缺乏忧患意识，不思进取。

【演播室　官员谈转型】

广东经济已成为世界经济的组成部分，世界政治、经济的变化对广东的影响很大。广东官员如果不能树立世界眼光，就不能预见来自国际经贸体系的风险，就难以在实际工作中应对诸如来料加工、城市发展、社会等问题，我们的政府就有可能有负国家、地方与百姓对我们寄予的厚望。因此，“世界眼光”是转型决策、解放思想最基本的价值观！

广东现代转型更深层次地表现为政治、经济、社会各界及参与其间的人都必须同时转型。社会转型说大点就是各行各业的转型，如社区、机构转型，农村二元转一元，快跑的城市与慢跑的农村不至于仍停留在2010年城村三倍的差距，使贫富差距成为横亘其间的寒冰；说小点就是人的转型，转向平民、合作、价值服务。这个时代的关注点不在于你干了什么，而在于你干的事有没有价值。没有价值的事干了也是白干，至多是“忽悠”罢了。

社会转型的核心是价值观共识，它的基础是“对话机制”的建立，把刘易斯二元经济理论往一元靠。其经济转型的标志是城市化、工业化，社会转型以激发人的参与、自觉性和推动理性治理为标志，不要让市场手段瓦解社会形成市侩主义。物质空间容易填满，精神空间可以放飞情感，也可以放飞懊丧和失望。我们在短期内不一定能达到共同价值观，却可以从浮躁、失信、偏颇转型到诚信、公平、善良上来，它是一个国家、民族、社会的道德基础。

广东实际上存在两种治理机制：一种是政府控制和使用资源的“大政府管理”机制，是多年传承下来的；另一种是市场经济和社会自治的治理机制，是近30年逐渐形成的。这两套治理机制是导致目前经济发展、政治改革滞后的“混合机制”，因保证了某种平衡，使经济快速发展，因而也促生了汪洋说的“官员认为老百姓不听话，老百姓认为官员不像话”这一社会、政治问题的胶着状态。

目前，广东经济转型在省委省政府的“腾笼换鸟”与“升级转型”声中已有了相应结论，“幸福广东”的社会转型还在实践探索之中。

转型，而且是大转型，是比改革开放拥有更大空间、更多机会并且更花心血的“灵魂深处的革命”，每一个人、每一个单位都不可能置身事外。

广东社会转型建设，以体制创新、不纠缠于概念为主要思路，如“强弱政府”，这是不纠结的大社会思路。无论广东这种做法能走多远，重要的是地方政府不杞人忧天，实实在在推进改革就应当受到尊重。事实上，广东30年来形成的经济发展与社会发展胶着的状态，从历史进程看，已经是一大进步，是成功的。关键是后30年社会可否从“二元”状态分三步走：第一步，创新体制与机制，把经济转型统一到社会转型之中；第二步，规范发展中的社会组织，使之成为社会转型的中坚力量；第三步，从民生到民主法制化主导。

新加坡《联合早报》的一篇文章称，“世界眼光”是转型的一颗前所未有的“思想震撼弹”！

广东转型是有历史厚度的：鸦片战争、“两个半广东人推翻清朝”、珠海淇澳村民自觉组织起来更早于三元里打败英国人入侵，以及广州石牌村对日本入侵者实行“四光”，因而抗战时广东在日本名声很大，都能在刀架在脖子上时“愤怒地做最后一搏”。

康有为、梁启超、孙中山的例子，更说明广东人在历史上曾经是全国最有“世界眼光”的一群人！

中央电视台的纪录片《帝国商行》，提到乾隆年间朝廷唯一批准的对外通商口岸就是广州。另一部纪录片《留美幼童》告诉人们，清末120名中国最早的“小留学生”中，70%以上来自广东。

西力东渐，晚清以来，Canton［广州比Shanghai（上海）］更早为西方商人和汉学家所认识，洋行中粗通英语的广东籍买办充当外国人翻译或华洋贸易中介人，衍生出例如“也司”（Yes）、“谷”（go）、“士多”（store）的中式英语，即后来上海租界流行的“洋泾浜英语”（pidgin English）。

纪录片《帝国商行》宣传页

纪录片《留美幼童》剧照

一百多年来，广东已把世界作为谋生的舞台。分布在全球150个国家和地区的中国华侨华人中，六成是广东人。

2009年，有人向广东省政府建议在GDP 4万亿元将达目标之时，把推动经济的三驾马车，即投资、出口、消费中的前两者调整一下，加快到国外办厂经商。实际上，这一年广东已成了我国最大的资本、技术输出省。

广东的历史经验是：开放，走出去，走出去，更加开放！开放更加灿烂！

【演播室　学者谈广东人】

广东在转型升级、科学发展、争当排头兵上还是有力度的。重点谈经济与社会转型……官员要学会对人才有“相马、护牛、赶猪、打狗”的气度，在今天街道无文化、城市无灵魂、区域无历史的情况下，中国如果不尊重原创，就会重演历史的悲剧。

广东的转型还表现在官员的坦然与坦白上。有媒体记者报道，当汪洋书记与黄华华省长“意见出现分歧”时，他们坦诚地回答记者说：“都是工作中的分歧。”其实这种分歧也是一种动力，造成了一种上下互促的局面。人们描述《资本论》时说“西方人把‘资本’留在了西方而把‘论’带到了东方，所以东方人喜欢争论不休”，而官员的坦白对这样的魔咒给予了一个诚实的回答，是官方给民间开的一扇窗户。

这是广东人放下包袱、揭开面纱、放下个人虚荣的真实！也是决策者人格转型的必需！

经济转型的目标，是实现国家经济持续发展、人民物质文化生活水平不断提高和企业转型升级。它除了市场、技术层面，更包括社会层面：政府要把国际上衣食住行的标准作为制定政策的出发点。

社会转型的宗旨是：保证经济转型目标的实现，保证维护公民的尊严、公平、自由与法制建设，保证社会正常运转且效率得到社会公认。

要达到这个目的，我们的社会转型升级必须将社会型经济与公民社会建设作为两大路径加以设计。

民众的敢闯敢为加上政府的引导服务，共同形成了一种文化：敢为人先、从容淡定。广东敢于“晒”自己的过去、现在和探索自己的未来——无论前面是否为万丈深渊！

广东的转型可谓一步一个脚印。

2008 年，暨南大学出版社在省委宣传部资助下出版了在全国有一定影响的同类第一批专著：《高端服务业经济》、《话语权经济》、《中国企业与世界企业的文化对接》、《全球城市集团与中国城市的国际化》。事实证明，这些书的作者分别被北京、上海、黑龙江农垦、香港、多伦多、迪拜请去讲学，其成果的实用价值证明了广东转型的深入和快速。

经济转型升级、社会转型发展在今天已成为广东全省的共识与行动。

企业外迁路线图（来源：《南方都市报》）

近年，广东布局的经济转型升级，除了创新、产业转移园，以及把珠三角劳动密集型产业主要往山区、东西两翼转移，还向国际市场等更广泛的领域、空间转型！

加快工业化向产业化转型，城镇化向社会化转型，生态化向可持续发展转型，社会化向现代化转型。经济与社会转型正成为广东社会的主流。

广东省布局的社会转型态度是以民为本的法制观：以民主为核心，加快推进政治建设法治化；以民富为导向，加快推进经济建设法治化；以民生为重点，加快推进社会建设法治化；以提高公民素质为基础，加快推进文化建设法治化。

广东主要领导将上述归纳为：着力加强法治建设，完善地方立法，深化依法行政，推进公正司法，依法保护市场主体的合法产权、合法经营和合法权益，努力把人情社会变成法治社会。珠江三角洲地区要突出加强社会组织建设，逐步向社会组织放权，并用法治手段加以规范，促进全社会形成良好的法治氛围。

广东没有在大起大落中做排头兵，而是在转型升级、科学发展的旗帜下，践行着新四化：产业化、城镇化、生态化和社会现代化。

2011 年，沿海地区城镇化达到 60%，全国已超过 50%，新兴产业正如火如荼，人的转型—社会的转型将肇始于 2013 年。

【片尾曲　我是一只幸福鸟】

很小的时候，亲爱的爸妈告诉我，

读书立志才能光耀门庭。

长大了才知道，那是体面的工作与发财的教导。

从此，我像一只哈巴狗上蹿下跳，

投机取巧寻发展，纠缠你言我语美女香车豪宅，身体垮了还差点坐牢。
折腾够了才明了，
尊严公平包容被我践踏，
互助勤劳健康生活充满微笑，
我是一只幸福鸟，
我是一只幸福鸟。

第二集

定位

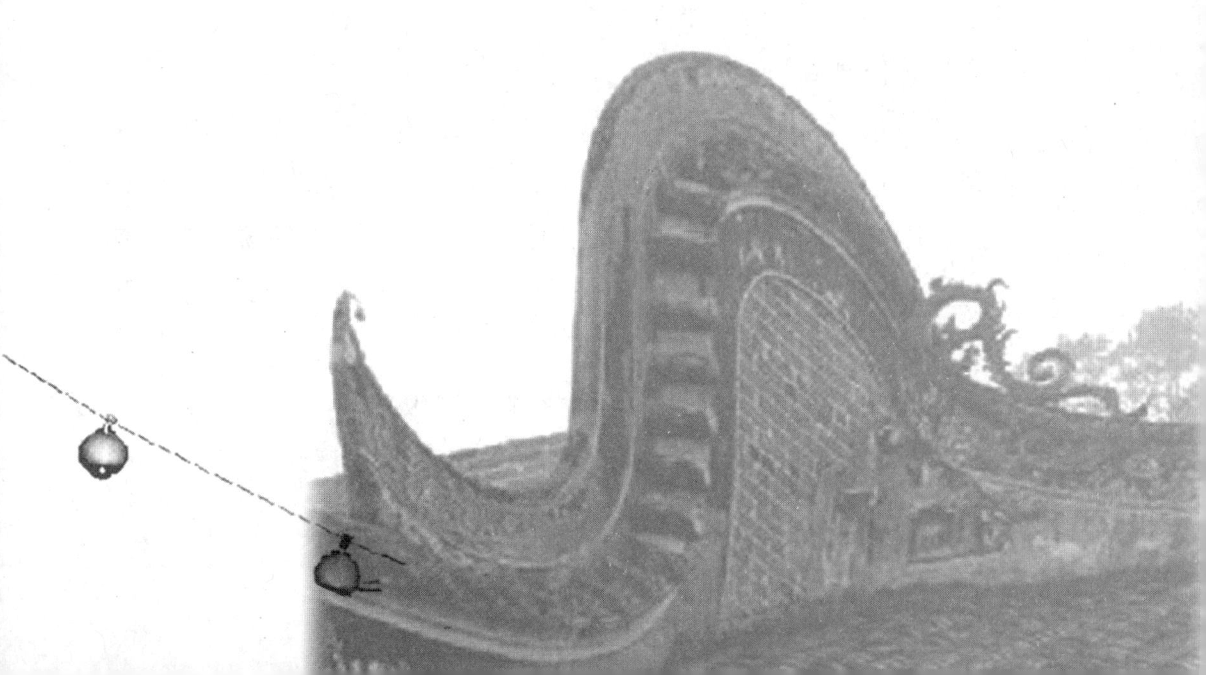

信仰、个性、公信、共信、人性、德行应当是我们发展的台阶与定位。

对历史负责就是实话实说。做好自己的定位，报喜不报忧是对历史、对自己的不负责任。如正面报道，今天只是正面，日积月累，后天可能成为负面。只讲正面实际上就是不敢面对问题，不敢面对问题也就无未来的正面之解。正如1945年晏阳初对蒋介石说："委员长，如果您只看到军队的力量，而看不到人民的力量，那么您就会失去中国。"人类历史自古皆然：当你藐视什么或自认为自己是什么，得到的就会刚好相反。

放大或缩小别人与自己，都可能是一场灾难。即便是一个派对，也需要定位，而且要定准位，否则只能让自己后悔！

曾饮誉中国的"魔水"——广东三水生产的健力宝，光鲜后又暗淡的产品，就是很好的说明，古今中外大小事件中的悲欢离合、成败起落，除客观原因外，是否定好位、定准位，成为愚蠢与智慧的分界线。

国家如此，城市如此，项目如此，人也如此。

如何定位呢？全球观、国家观、民族观、公共观成为行为准则。看看巴黎先贤馆，连莫泊桑这位"短篇小说之王"都未能入列，而卢梭却居要位，你就会明白思想、信仰贡献者的历史地位与定位是何其高。

严复是《天演论》的译者，为中国引入了社会达尔文主义，推崇优胜劣汰的价值观。严复说中国人与西方人的不同之处在于："中之人好古而忽今，西之人力新以胜古。"他还说："中国重节流，而西人重开源。"无论时代进步了多少年，重开源、重创新都应当是转型定位之关键。

广东重视解放思想，树立世界眼光，从2007年进一步深化"腾笼换鸟、转型升级"，到2010年提出"幸福广东"新政，实际上是把经济转型定位确立为经济社会转型双定位，开始了全面的全球化征程。

“无为”不是不作为、不定位。“无为”用道教教义解释，就是处理万物和治理天下都要顺乎万物与社会发展规律，人的处世立命既不妄自菲薄，又要追求清静寡欲。这种定位与今天做人的“淡定”有异曲同工之妙。

如果要给经济与社会转型定一个位，前者是用心血去实现目标，后者是用灵魂去完成使命。

广东的探索是希望对广东发展进行重新审视、重新定位，因为照老办法去干显然是不行的。以“美国”为师和“市场神话”破灭了，阐释中国的新理论还没随着现实的变化而诞生。

【伴随街舞曲，一两分钟后停】

广东人认为，如果说改革开放30多年的主要目标是解放思想、转变增长方式、做大蛋糕、发展经济、基本建立市场经济制度，那么未来30年的转型升级、科学发展，不但要做大蛋糕，还要分好蛋糕，是以社会转型为使命，基本建成现代化的幸福社会。

这是一个以智慧驾驭的时代，以巧实力去撬动硬实力、软实力，打造话语权的时代。我们已面临国际股市泡沫、热钱等流动性带来的灾难，在要求精细化的时代，定位应以精确、精细比拼巧实力。

【推出片名　定位】

当转型作为一种符号，以世界眼光与时俱进，迎接挑战，把握命运，定位则是希望党政部门、社会单位、全体公民都参与其中，不袖手旁观。

广东与发达国家以及全国其他城市相比究竟有怎样的差距？广东省委省政府为何要如此着急加快全省的双转型呢？是否是省领导的一相情愿？国内外媒体对广东“幸福新政”几乎都保持了谨慎的态度。

2009 年初，继上一年度国家发展改革委员会有关部门在上海召开关于服务业年度会议之后，深圳一家报社和一家研究机构随后组织了泛珠地区近百人赴香港召开会议，主题是金融海啸之后经济振兴的突破口在哪里。技术升级、服务业成为众多观点之一，与会者的共同观点是，定位不好，我们的转型升级、未来幸福建设可能还将有不少令人不快的插曲。不能光提出问题而无能力解决问题，那是没智慧的表现。

与会者有一个共识：转型道路一如 GPS 定路径，路错了至多绕回再走；如果位定错了，则可能追悔莫及。中国与发达国家的真正差距在于高端服务业：2008 年底，中国高端服务业仅仅占 GDP 的 20% 左右，发达国家则为 45% 以上，广东又低于北京、上海的水平。更具体一点，广东的公共、文化、社会高端服务业与科技、教育、金融等高端服务业及总部经济，已经同香港、上海、澳门、北京拉开了较大差距。

今天，定位不只是战略，更是一种态度与服务能力的解读，是重塑信仰、升华价值，打造“颠覆、娱乐、个性、浪漫、儒雅、尚流、务实主义”七度空间的社会形态。

今天76%的就业由只占信贷30%的民企提供，经济需要国企民企两张牌往“社会企业一张牌”打，才不至于厚此薄彼。从放任的小农式经济体，到今天正在逐步形成的“商会经济主导”，如佛山市工商联构建诚信、服务、品牌、标准、资本五大联盟，梅州的客家商会牵头，组织百亿资金。广东经济正在走上“商会经济”之路：由单打独斗走向抱团发展，中小型企业前进的步伐更加坚实，如平安保险已发展到全国各地级市；美的集团也在拉美办合资公司，吹响了全球布局的号角；而深圳华为的全球布局亦涉及百个市场、50多个国家和地区。

大企业以全产业链走势加快了国际布局的步伐。“世界地图即我们的商业版图”已成为大企业的一个基本理念。

广东如果给经济转型定位，可以“八转”定性，即“公有主导转向社会企业主导、产业性国策制定转向民生型衣食住行的国策制定、资源型转向知识生态型、产品链经营转向产业链经营、加工型主导转向技术型主导、一二产转向三产、总量转向效益、资产转向资本主导”。

广东与此相适应的社会转型定位，显然可以从“十转”予以突破：“发展转向就业主导、资本转向知识技术、政府转向社会组织协同、权力扩张转向恪守边界、思想解放转向思路对接、快速发展转向稳健升级、自上而下转向上下联动改革、政治转向政策制度安排、理性转向人性、公众转向公民社会建设。”

如果说经济转型是确保我们的经济实现国际对接，在全球产业链中扮演应有角色，那么社会转型则应当在重塑国家、地方、公民现代价值观的基础上，实现人性、个性和社会性的合作与合力，打造幸福社会。

经济转型讲效益，社会转型讲效能。效益讲质量、数量和增量，效能讲对应、适应和适时。当美国人从工业贸易经济转型到资本知识型国民经济时，社会也相应地转型为城市社会、知识社会和公民社会。

这就给广东一个启示：纽约金融证券交易量占全球的50%，如果加上伦敦、东京，则全球接近80%的金融证券在这三个城市交易，我们的经济血液已经被发达国家控制，随时可能被抽干；世界2/3的企业专利在美国注册，意味着我们有知无识，我们已经没有资格再议谁是谁非，纠结于谁对谁错。

在今天，不要纠结于问题的对错。美国汽车工业曾跌入低谷，有人认为美国的工业完了，似乎美国也完了。今天美国的汽车工业重新振作，出人意料地又成了经济复苏的亮点。

广东将有关部门、社会团体、学界一同参与制定的主客观两套衡量幸福广东的“幸福指标”进行对比，不比不知道，一比吓一跳，中国经济第一大省广东与全国各大城市相比，值得骄傲的“幸福”只有1/3，平起平坐的有1/3，不幸福的还有1/3！

2008年金融危机源于房地产泡沫破灭带来的“硬着陆”。欧债危机源于银行投机，而发生在多个国家的政府危机、财政赤字和社会问题等一个个火星就可点燃大火，如希腊危机，今天的社会脆弱得抵御不了一根稻草的燃烧，人们积淀的心火往往汇聚成反现状的潮流，这就需要平静积极地对待一切社会诉求，要从由外往里看的角度来制定公共社会管理改革政策，才能不至于浪费精力再去搞“预立法”等一相情愿的东西，之前的全部症结、问题都在于此。

对高耗能企业实施能源评估已达成国际共识，傅高义的新书《邓小平与中国的转型》认为，邓小平有一种强烈的变革精神、

一种自上而下的能量，推崇对市场力量进行经济建设改革。循此思路，今天的社会建设改革是否自下而上更符合现实呢？广东也需要做更多试验，干与不干风险都会来临，干则主动，不干则被动。就像今天欧洲不想成为 20 世纪 90 年代的日本却可能难以幸免一样，不以人的意志为转移。

广东要输得起，才会赢得了。

在今天，角色的定位决定目标的实现能力，一如迪斯尼的“小鳄鱼”也在手机领域实现了大抱负一样。

符合市场的角色定位更接近人本、人性，更能体现数字化生存时代的特征。

与此相反，一些反串角色的定位本身就是灾难，如某类公司或某些工程项目，以“效忠”的角色出现，实际上是疯狂掠取财政补贴的“食人鱼”而已。这些项目已成为新一轮市场经济的阻碍，成为转型期诸多问题的始作俑者。

广东有位老板常自豪地说某领导每年去企业的次数不少于两次，又说中国已成为第二大科技大国，创意是最重要的，这实际上是向领导灌输企业个体与行业的政策选择，以求得到政策的扶持。

这不是真转型。

从广州南华西街到深圳万丰村，从“耀目”到“平淡”，小到个人成败，大到中国农业文明的衰落，欧洲城镇文明的勃兴，英美工业文明的放之四海而皆准到今天的“财富第五波”，定位是成长的基础，是战略、智慧的结晶。

广东的转型定位，正在形成“三骂、三不骂”。“三骂”为“骂不创新公共管理、骂不诚信经营和骂不以正气行事”，而“三不骂”为“不骂改革者、不骂正直敢言者和不骂奉献者”。

只有确定这样的定位，社会风气才能逐步优化，以民主、法制为核心的普世价值才可能有良好的成长环境。

【再次推出片名　定位】

1994年，广州城市周边开了大小上百个采石场。从飞机上俯视，广州周边的山峦浅丘中，在绿色环抱下，不时升起采石爆炸时形成的朵朵蘑菇云，蔚为壮观。时任广州市长的黎子流公开向媒体表示：广州已到了“山河破碎、满目疮痍”的地步。

广东不怕露家丑。

敢露家丑不也是开始了展示动力的过程吗？

有人埋怨广州从此形象尽失，有人担心高科技采石不符合广州条件。广州痛定思痛，引进香港矿业协会主席、香港十大富豪之一的吕志和的企业到黄陂投资亿元开生态石矿场：边采边绿化，使采石场周边50米可以不见粉尘。广州人露丑换来的是领域内的“高科技”采石——从“硬采”转型向“巧采”。

转型就是要改变现状，改变不适应社会发展的现象，改变观念，提高效益与效能。当你发现某种空间需要开发时，只要形成合力，一定可以云开雾尽，再攀新高。

《中国经济导报》图

深圳宝安7年前开始的千家企业转型，也是从“腾笼换鸟”设想开始的。政府希望有六七千家企业转型，而委托机构调研后，发现只有一千家满足条件，有的要三五年才能逐步实现，因此后来就达成了以“改造”为主的转型共识。显然，经济社会的转型是一件非常有意义的事情：政府、企业、社会、中介组织、市场都要找准属于自己的链条环节定位。这个定位不仅要把经济等元素纳入社会链条之中，同时还要防止在转型中形成新的利益垄断与绑架。

20世纪末，广东获得中央政府授予的“绿化第一省”荣誉，实际上践行了国家强调改变增长方式的要求，揭开了从粗放经营向生态经营转变的序幕，广东的GDP与能耗在全国的领先排名成为一个时代的记忆。这就昭示着：转型到顺利升级上台阶，是要经历一个较长的阶段。每一件事、每一步行动，都需要定力，需要位置，需要定位，才能各得其所，各尽其能！

唯有这样才有高度。

高度决定视野，视野决定影响力。

心急吃不了热豆腐，不心急连豆腐都看不到！

广东的“幸福新政”怎能不急呢？

【演播室　专家谈幸福新政】

每个人对幸福的理解也许有所不同，变化的只有标准……

信仰是控制价值观的。

农民不一定没有信仰，精英不一定有信仰。

农民常有敬畏、感恩、宽容、平常心与欢喜心，这是智慧的农民，是有信仰、高尚的人。

“小康的心灵”是信仰与价值观的分界线，光有价值观是不够的，普世价值才是信仰的价值。

“我们时代的幸福观”主题论坛

如果说广东的“转型升级”是幸福新政的“经济转型”列车，那么“尊严公平”主导的“民主法制”则是幸福新政的“社会转型”专列，在“幸福”的火车头牵引下，广东怎样才能“顾此及彼”、从容建设呢？

我们可能有千万条理由“从容”或“不从容”建设。但只有持续创新社会管理，创新定位，创新能力，才有生命力、生存可能、发展机会。

“洋顾问”咨询会（来源：南方网）

“洋顾问”制是广东省政府创立的一种政府顾问形式。每年在全球范围内邀请一定数量的知名企业家、学者到广东聚会，给省委省政府及社会各界出谋献策。开幕式上，省委书记、省长亲自出席。几年前，洋顾问会议多以“务虚”为主，因而受到社会众多非议。近一两年看到洋顾问们带来的真金白银，就没人反对了。

广东人“奔腾四海”找市场，迎来四方搞合作，坚持不懈搞改革，坚定不移不辩解。这就是广东人。

一个不包容、不宽容的团队，怎么会有远见呢？没远见怎能从容走远、淡定应对复杂局面呢？

包容、宽容，才能从容；

心定、行定，才能淡定。

广东人的心定和行为果敢，表现为不夸夸其谈，不说三道四，埋头拉车，也抬头看路，不崇名，不张狂，以实际行动打造着极具现代精神的价值体系，淡定做人，定位准确，既具现代精神又不失传统文化美德。所以，广东有朝气。

定位是一门学问，是升华自己、提升他人的一门学问；定位也是战略，必须回答做什么、怎么做、谁去做的问题；定位更是政策，边界、内涵都要定好位，才能出效率。

广东 30 多年来没有在非议中停步，让洋顾问们也看清了广东的真刀真枪，陆续开始了试探性的投资。到 2011 年这一届洋顾问会时，BP 公司、通用电器的洋顾问更表示了对广东环境的看好，表示要大规模地在广东投资高科技与高端科技项目。而且洋顾问们还带来了更多的战略合作伙伴。粤港合作务虚会不下千场，耗资数十亿元人民币，官方民间通力协作，香港人已在广东创办了 1. 6 万多家服务性企业。

这就是经济规律、市场规律，急不得、慌不得、等不得。你要别人“幸福投资”，必须自己“幸福地做事”——舍得投资务虚，用人，支持人，才能营造好环境。自己不定好位转型，何来升级？

广州市财政局在2009年把财政预算公开了，财政信息渐渐打开了透明的大门。对一些人来说，这可是一颗定时炸弹，与不久前一个城市回应民众说“预算不能公开是因为有国家机密”形成鲜明对比。这一公开，暴露了广州市政府一些不合理的预算开支，但也显示出广州市的科学管理，比如广州亚运会财政审计没发现明显问题，难道说没有广州市财政局单方面公布预算的功劳？

这就是定位，即法律定位。定位是一种文化定力，也是一种管理上的战略创新，更是一种发展动力！与之相反就是逆动力，是反转型的。

广州这两位部门领导后来都没有丢官。也许在主管领导们看来，这些部门领导这么做，从法律层面讲，也在“职权范围”内，何责之有？

广东没有历史上的大文豪，只出了个惠能，到了近现代却出了康有为、孙中山。“两个半广东人”推翻了清朝，其中一个建立了民国。原来，政治有时也可以简单化，许多事情是被我们复杂化了：把领导当成了领袖，把政客的话当成了政治，把官员当成了家长，投机被说成投资，部门由惰性上升为政治空气，都是定位的缺失！

【再次推出片名　定位】

深圳大芬村生产了占美国油画市场70%的画，而这个村曾是城郊村，是落魄、穷困画者的聚居地，他们在极度彷徨中把技术变成了产品，把艺术变成了产业，不怨天不怨地，从解放自己的观念做起，从端正态度做起。幸福生活的前奏就是态度，没有良好的态度，就难以准确地定位，就很难有幸福城镇、学校、企业、社区的追求。没有追求，又何来幸福的动力、目标的实现呢？我们不能光说不干，而是要干实、干好。

这就涉及一个判断方法：把自己假想为无力或把对方假想为阻力，实际上人为设置了楚河汉界。

平远县曾被称为广东“最差的五个县”之一。2005 年，梅州派了市委组织部副部长肖文浩这位既没当过镇长，也没做过县领导且毫无基层管理经验的人去任职县委书记。他的高明之处就是邀请一家咨询机构策划了“经济生态县”的定位与实施路径。五年下来，平远就成了生态城镇——县城扩大了 2 倍，其中 2/3 是由生态园区、生态公园、生态小区、生态工业组成的，全域生态化、生态功能化、功能项目效益化，受到专家、社会和省里的好评，之前对它的一切争议、非议如今都烟消云散。

平远的例子说明，转型升级是以创新发展模式、创新工作方法、创新思维为前提的，没有这种创新，幸福生活永远只能是停留在天边的一抹彩虹！

平远县五指山景区

现在你去平远，老百姓都会告诉你：“不怕做不到，就怕想不到！”

人类文明从石器时代的黎明，到古埃及两河流域多元文化的形成，再到希腊、中华文明的人类文明初步发展，中世纪人类文明的发展整合推动了西方文化转型：文艺复兴、科技与工业、哲学、资本主义、世界多元文化的勃兴。一个个转型昭示了我们今天转型承担的责任：经济向左转，社会向右转。

【演播室　学者谈高端服务业】

2009 年在清远召开的中国首届高端服务业论坛令我们豁然开朗：现代的服务业理论已经不能完全解释发生在我们身边的事……

广东流通领域虽然没有上海、北京那样的“巨舰”，但是广东的“商业航空舰队”创造了另一种社会生态：抱团发展、均衡发展和同步发展。它表现在广州、佛山、深圳、东莞、珠海、中山乃至虎门小镇都有自己的“特遣舰队”。如虎门的富民公司，在全国商业同行中也是一面旗帜。广州的白马又催生了黑马，广州流花地区的竞争是一种差异化更加明显的竞争。这都得益于不断地创新升级，尤其得益于高端环节服务业设计的不断突破和创新。

转型是定位，定位是为了求变，求变是为了新生！

粤港澳合作早于 CEPA 之前就年年举行多边协商。从经济、交通、海关、科技、文化到机制，林林总总，所取得的成绩有目共睹。到了金融危机前夕，省委省政府仍在问：我们这些年磋商虽有成就，但仍显得不尽如人意，许多方面做得不够好，我们还有更好的合作办法吗？我们的许多事业是否白忙了呢？

历史经验告诉我们，边干边议边想边改进，不做评论家。从康乾盛世到广东的改革开放先行先试的实践，我们都不应以局部困难、局部成就、局部或少数人的富裕幸福来误读一个时代，否则我们就是罪人。

我们如果连“邻家”也不能“与之共舞”，又有谁会喜欢你的独舞戏，你至多算是自娱自乐、自我满足，很难说是真正意义上的“社会幸福”！

在GDP崇拜渐入“冷宫”之时，广东社会各界都在问：能否把我们内部、区域间的问题都列一列，不要定什么调子，放开想办法，让思想的火花自由飞翔，再回头归纳出一些共同的东西，付诸实践。深圳、珠海24小时通关，深圳与香港地铁无缝对接，港珠澳大桥开工，前海、横琴开发区与港澳“零距离”合作，不仅使区域间的合作放大到城市、经济、政治的深层次领域，而且促进多边合作机制的形成，加快了一个无缝合作时代的到来。

泛珠三角合作信息网开通

“泛珠三角合作”自2004年举办首届合作论坛以来，从观望、非议到肯定。即便是总书记胡锦涛肯定泛珠区域合作，鼓励“走市场之路”，各种怀疑、非议、冷嘲的声音也没有停止过。对这些非议、争议，广东的舆论没打口水仗，党政界也没表示过什么。

现在的事实是：泛珠三角概念提出之后，又有了“泛长三角”与“泛环渤海”，广东还同香港、澳门、福建、江西、海南、云南、贵州、四川、湖南等省（区）签订了经贸、交通、文化、科教等领域的广泛合作协议，也同数十个国内外的州、省、县建立了友好关系，区域合作正朝着与邻共舞、与友共谋的纵深发展。广东也加入了全球拥有3万个区际组织的行列。

广东就是广东，是从容、淡定、务实的广东，在事关人格问题时也会“怒发冲冠”的广东。

【反复唱两句“我为人人幸福，人人为我幸福”，并推出片名】

定位！定位！转型升级要定位，建设幸福家园要定位，任何人、任何单位、任何事都要定位，人的不幸就在于失去灵魂的天性和爱的能力定位；机构的不幸在于只知仿效别人而无法增长智慧。

王石——第一房地产大老板，能放下一切，不快不慢地生活，可游山玩水3个月再回公司，其生意看来做得不错。广州星巴克咖啡已遍及各种高档场所，1 200个网球场常常满场，许多普通人或有地位的人忙里偷闲参与其中。天天忙琐事是不让心灵受伤，天天忙开会是不让自己失落，常常借口忙的是投机者，不紧不慢做事的人才是真正融入经济社会转型、讲求效益的人。其实，在历史长河中最精彩管用的也就几分钟、几句话、几件事。

第三集

格局

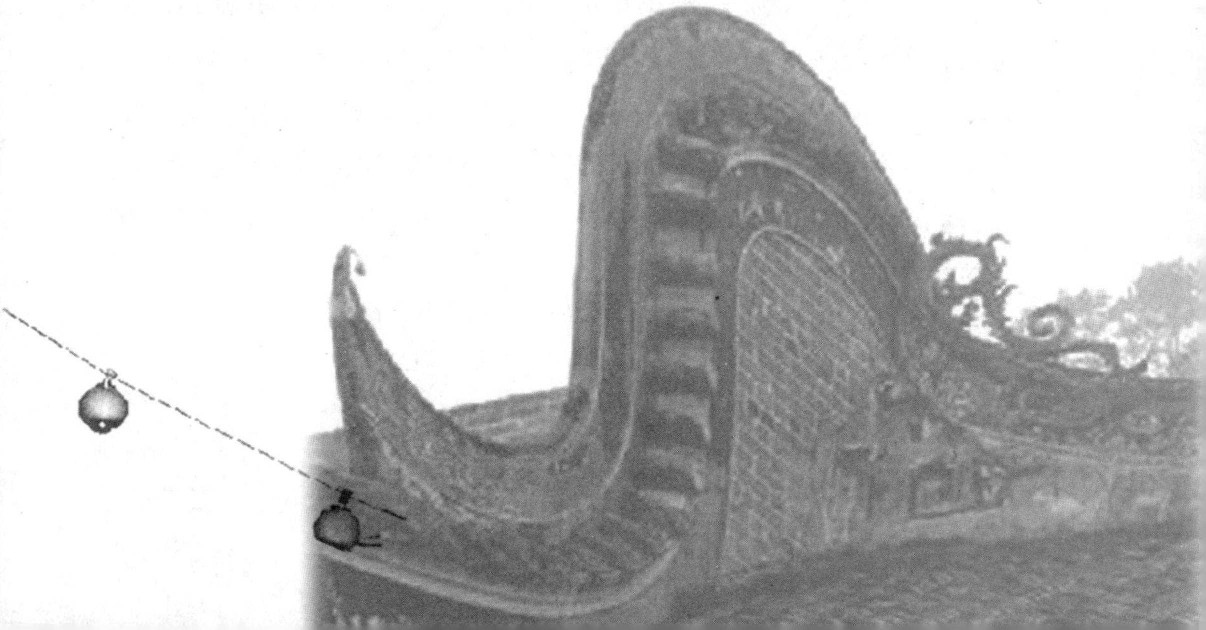

中国已成为廉价商品输出国的代名词。

中国的事情，已经牵扯到世界每一个角落，无论是拉美的福岛，还是南非的好望角，多少都会受影响。地摊货的低价与民族国家间“去工业化”、“去就业”的欣喜和愤怒，正成为世界性问题。无论是企业、乡镇还是个人，都要有世界眼光。

如果说邓小平南方讲话，为中国社会沉寂了几年的民间热情开了一个口子，规定了喷发的方向，改变了20世纪80年代极左思潮对个人道德的过分要求，那么这也使虚无主义在中国播下了种子：有些人抛却了对国家人民的责任，走向对人民币的崇拜；市侩主义瓦解了尚未真正建立的“社会价值观”，又要在经济发展升级中完成向社会主导的转型。这种“残缺”的文明进程迭次进行，我们的社会格局应当是建立促进迭变的动力机制。

广东170年的文明历程，证明以中国农业和尼罗河水利为文明的亚洲格局，以欧洲工业与城镇为文明的欧洲格局，以美国、英国、日本金融和版权创意产业为文明的发达体格局，以及“蛇有蛇路，猫有猫路”的各种地方、行业、个体格局，都是追求体面与生存状态的代表。

今天，格局是战略布局，也是经济社会“双转”的能力与天平。

广州南越王墓是广东历史的骄傲，也是广东历史的真相。它可以告诉你：中国历史格局的演绎，在秦以前与文明能力有关，在宋以前与国土拓展有关，在民国前与面子有关，自社会达尔文主义对中国国民屡次失败的解释被广为接受后，对民智、官智、绅智的主张与批判从未停止过。今天经济社会格局建设正面临新一轮价值观的重建。

广州南越王墓

金贵村是广州白云山景区旁的一个城中村。20 世纪 80 年代它是村子的代名词，90 年代是城中村的真实写照，现在则是村中城的面貌了：现代小区、城市主干道、拥挤的村民房屋、无产权房屋和规模不小的农民工小学鳞次栉比。不同的是，近几年这里的社区居委会有了常驻片警，户口管理室门前办理临时居住证的窗口前已不再人头攒动。治安巡逻由村里几个出入口的固定治安岗亭所接任。当记者问及几个打工的办证要多少钱时，他们一脸诧异：“你不知道吗，办居住证不要钱都两三年了，负责登记的人还到各大楼、出租屋上门登记，态度好得很。”城市里有的这里有，城市里没有的这里也有。

它可以被称为中国城市化的缩影。

这也是一种格局，一种生存状态的格局。一个社区、一个单位、一个区域可以形成一个格局，当你融入社会，只要与第二个人交往，那就是一个格局。

港珠澳大桥将成为中国第一座连接三省区的跨海大桥，使珠三角在全球十大都市圈中上了一个新台阶，但是依然不能替代发达国家用纸币与电子符号兑换我们真金白银的真实窘境。

在转型中我们又不得不重塑格局、重塑价值观，但胜算几何？

秘密就在于释放人性。从释放人性中找人格、家格、区格、镇格、市格、省格、国格之格局。可谓国家兴亡，全在匹夫。

广州作为一个包容性一流的城市，过去打工仔要办暂住证，他们被干部模样的人问及就有些惶恐，今天却会主动同干部模样的人打招呼。过去打工仔满脸菜色像赶路的过客，今天尽管他们背着行李，拉着嘎嘎响的旅行箱也是挺腰泛笑。摆地摊的、理发的、走行推销的，大家见面都点点头，没听说发生过什么不快的事。经常有一些干部去地摊理几次发，散几支烟，相互之间十分友好。

这说明，无论是什么人在其间生活，一个地方，只要形成了一个各得其所的格局，只要政府以一种服务的精神去面对百姓，就会有一个和谐安宁的局面。

任何问题都有多种解决办法，严肃的人民币还可以双向汇率。这个世界全球化的本质是建立广泛的合作关系。如果不能达成这种合作共识，一切都无从谈起。合作共识应当是人类最核心的价值体系！

从格局看，除了珠三角，对东西两翼、山区的布局仍然乏力，广东也要注意这方面的布局。如韶关机场、潮汕机场、湛茂机场等运输枢纽，因缺乏对人性、消费的全球化认识，仅从经济的投资、效益考虑，至今没能形成合理的市场前瞻格局。

从检讨角度来看，广东一部30余年的改革开放史，就是以经济发展为中心的“模式吹泡泡史”，也是一部格局变化史。一部60余年的共和国史，是以倡导民生、发展经济的“教育人民史”。一部中华史，也是一部施仁布政、权力更迭、翻云覆雨的

“教化史”。从正面来讲，也是一部发展特色突出、成绩斐然的广东史、中华人民共和国史和民族骄傲史！

有人公然否定鲁迅的大师地位，可我认为，中国可以没有徐志摩，但不能没有鲁迅！他是中华民族多难时期的精神支柱。

我们显然已经悟到：不能简单评判某个阶段政策在历史上的优劣，它是转型中社会精英们一展拳脚的思想表达，是历史难以绕开又难以达成共识的表达。

这就是剩下的“干货”，“发展”单一的政策必然会伤及社会另一面，民生往往被恶意强奸，只有民主、法制、人权等以“自由”为目标的普世价值成为人们共同价值观与核心文化，才能拯救当前的变异。这就是科学布局，从容建局。其措施是：城市与乡村二元要从沿海 50～200 平方千米半径，扩大到 500～1 000平方千米半径，城镇从小城镇扩大到大都市六级空间形态。

我们这个时代不缺精英领导，缺精英领袖；

我们的民众不缺灰色知识分子，缺知识代言人；

我们的社会不缺商人政客，缺政治商人；

我们不缺官学商界精英“三元弄潮”的夸夸其谈，缺与民众共呼吸“一元”人才的实干！

一些精英层人士认为农民工没文化，老百姓不懂政治，其实即便是文盲，他们也知道包公倡导的“廉者民之表，贪者民之贼”。这其实就是最大的政治。

真正的政治是由实干累积叠加的。讲大话、空话、官话、套话、假话不是真政治，至多只能算伪政治、伪官员、伪干部。

广东一些城市也都做过表面文章，比如最敏感的水沟、水塘、河流治理。广州在亚运会期间，引珠江水冲河涌做面子工程，治标不治本。根据中科院对全国河流污染情况报告，400 千米以上长度的河流称为大河。中国的大江大河只有一条赤水河没有被污染。中国五大江河，只有西江可达二类水质。中国的主要大城市，哪一座不是臭河涌环绕？

广东也走过弯路，有时也做过辩解。近年更表现为治理决心并给出了时间表。对西江、北江、东江、韩江等流域，广东已同周边省区及各相关城市乃至泛珠三角地区签订了治理与保护协议。尽管这些江河、城市的现状仍不尽如人意，但人民需要生态格局——一个青山绿水的家园！这是政府的目标，也是工作的动力！

广州塔夜景

【推出片名　格局】

2009年，广东山区全面实施“绿色崛起”战略。作为全国最早消灭“秃地”的“绿化第一省”，此举加速了山区劳动力向珠三角地区、珠三角产业向山区深度开发的“双转移”。山区市基本上都有省政府资助的对口扶持的产业转移园，省里想方设法把河源、梅州、清远、韶关、云浮等山区市打造成大城市，并出台了资助一批中心城镇和生态旅游城镇发展的新政策，通过项目资金、特殊政策、转移支付、专项补贴、特别申请，使山区的城乡、产业、生态格局不断得到改善。

老百姓满意了吗？

回答是“仍不满意”。

老百姓感到幸福吗？

回答是“又幸福又不幸福”。

因为他们觉得山区与珠三角差距太大，大中小城市之间差距太大，干部收入与民工收入差距太大，腐败与反腐败的差距太大。虽然我们可以对自己、对百姓解释改革是一步一步地推进，不可能一口吃一个金娃娃，但老百姓仍然急，干部也急。

当下，经济转型中至关重要的是三战略：国企、民企、外资的公民待遇；建立社会型企业是现代化的要求；政府对小微企业的哺育与帮扶是政策重点，大中型企业的国际化布局是社会型企业的发展方向。

可是，在光鲜背后，我们的转型却不容乐观，跟上现代化格局更是需要快跑。我们与发达国家的差距不是变小了，而是变大了。

社会转型的格局差距更大。我们仍处在争议与创新相交织的初级阶段，需要从人性开发、道德修为、社会组织建设、管理创新、价值观、政体改革等方面加紧转型，形成文化格局。

到底应该怎么解决呢？

公民社会、安康社区、活力单位、高效政府、公平状态、尊重尊严、生态环境、清洁生产、诚信法制，一切的一切，都需要一个格局，一个状态良好的格局，否则我们就不快乐、不幸福，也就没有格局。

2011 年 9 月，面对网友因质疑“双转移”、腐败以及指责政府工作如拆迁、子女上学碰到的难堪而当场骂人时，广东省领导坦诚地说：“我们干部也有骂人的时候，你们为什么不可以骂人呢？有了气就骂出来，骂了我们再商量，还是君子。君子动口不动手嘛！”

沟通、理解也是一种格局。

社会转型的价值核心体系建设就是诚信和平等的格局。

广东经济已有了一个不错的格局，需要珍惜，但是只有加快转型才会有一个好格局。

今天，产业、交通、生态、就业、文化、效率、方法、理念、诚信、尊严、公平、态度都是一座座山，一道道坎，一扇扇门，也是一个个格局。格调决定格式，格式决定流程，流程决定速度，速度决定格局，我们到底想清楚了多少，干了多少？

广佛对话，按行政级别，广州派出一个副市级领导就可以与佛山正职对话，但双方每次沟通，都没有讲究这个。广州将西江水引入做饮用水，要预防广西多个地级市乃至上游贵州、云南多个地区，长达2 000千米，近30个少数民族地区的“污染”。广州能顺利“引西入穗”，这正是长期扶持兄弟城市和对兄弟城市以诚相待的结果。

你不格局就会“被格局”。健力宝、秦池都是“被格局”的例子。

热烈庆祝揭阳潮汕机场首航

广东格局还表现在潮汕机场的建设上，使粤东有了一个即将快速成长的干线机场，建立起了粤东区域与城市发展的新地标和区域都市交通中心。

格局于机场是一种战略，在经济上是一种创造，在社会转型中是一种创新，于人是一种创造表达能力！

当然，广东的格局还有待完善，如果在韶关、云浮、茂名附近再布下一定的交通物流与产业生态枢纽，就更能体现城镇化、现代化的作用，推动这些区域大城市发展，从而使大城市带动周边，实现经济立市、旅游与产业立业、文化立镇立村的格局。揭阳市东山区磐东镇打造中国“玉文化”第一街的做法即上述写照。

理解是一种格局，而赢得理解更是一种智慧的格调。

【演播室　专家谈广州行政及区域合作】

广州有许多问题仍然挺严重……

城市间的合作中利益问题可能是最难办的。最简便的办法是大鱼吃小鱼，大的把小的合并过来，统一政令。

这不是市场经济，市场经济不是大鱼吃小鱼，而是养鱼和分鱼。

广东省有个 17 号文件，是谈社会建设的，有人批评该文件的主旨表达不准确，认为该文件的主旨可以更清晰地表达为“党委领导、政府主导、机构参与、公民共建”，主要领导对此批评表示感谢。

成熟的政府与科学的政策不只是开会、下文件，形成或达到下级执行命令的“会文令”模式，而是通过开会协商，达成契约关系，形成“会商约”格局模式。这才是现代政府所为：不摆领导架子，践行领路人风格。

格局建设是以自由与平等为主旨的，是时代赋予我们的使命。

广东现代服务业联合会的一位负责人说，什么时候企业老板与员工平等了，企业就有了现代格局。什么时候政府直接同民间单位或个人签约，不摆排场了，政府也就走出官僚体制，有了“新公共管理”的格局。什么时候子女可以直呼父母姓名了，也就有了社会化的人格格局。

格局是互促互助推动进行的，动力也在这里。

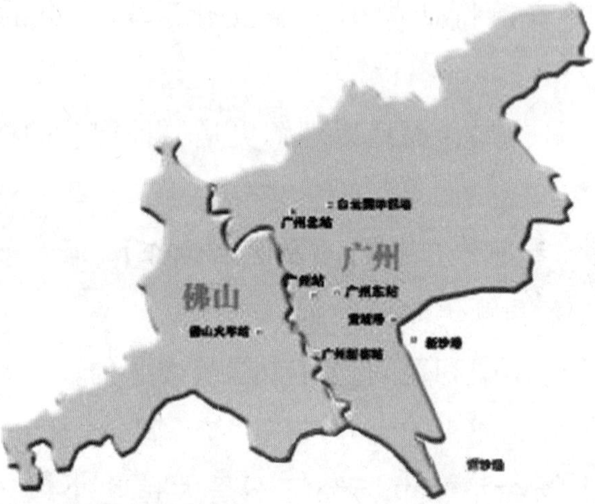

“广佛同城”版图（来源：《广州日报》）

广州与佛山近在咫尺，一个是省会城市，一个是地级市，广州与佛山相加，城市面积才与成都相当。如果让公民投票决定是否将两市合并成一个城市，估计会有 80% 的人赞成。广东省也有领导说，如果两个城市实力相加，GDP 在中国肯定第一。但至今也没有人正式向中央提出“两城合一”的事，倒是两个城市已经连通了地铁，街道也连通了许多干道，多卡多通或一卡通两市在公交等多个方面都已经逐步得到落实，联席会议已成了一种制度。除了财政等没有统一，可以统一的基本都达到了统一，合不合并就只剩下了一种形式。

无缝对接显然是解决城市间行政分隔的一种方向、态度与格局。不能动不动就下结论颐指气使，如果谁都把自己当成领导，就是没人愿意当干活的，那还讲什么社会生态呢？

许多人喜欢居高临下从事管理，下文件是最简单的办法，因而“会文令”盛行，“会商约”这一市场通行的模式倒不被人记起或喜欢了。

我们要搞市场经济，“会商约”将是夯实党政信誉的重要试金石，也是政府转型的必由之路。

诚然，我们要建设和谐幸福社会，但我们的蛋糕还不大。做大蛋糕，就是要做强城市，做实产业，做美环境。宜城则城，宜乡则乡，宜农则农，宜工则工。

广东人不回避中国意识形态的左中右之争。从马丁·雅克的《当中国统治世界》、李侃如的《治理中国：从革命到改革》、许纪霖等的《史华慈论中国》这些关注中国的代表性作品看，广东岭南文化的从容，显然有一个核心价值观：超越左中右，发展、社会和行为，走自己的路，何必人云亦云，浪费光阴？

经济社会转型中，“理解”很重要，然而有些国内学者未跳出“理解”而过多纠结于国家、改良、民主、法制之间的关系与顺序，而忽视做学问贵在创新、贵在提出“超越”这一点！如果在社会转型中仍不能有更多人去超越，不但学术界的水平难以承担历史使命，致使改革力量日趋式微，可能成为无格局无品位的一代“功能性文盲”，更可能因社会转型的重大使命参与度低而失语。

广东作为一个行省，经济发展更多是企业行为，政府较少干预，营造产业成长的格局就成了一种惯性。泛珠等大小区域间的合作，使企业有了更多的选择，同时能降低营商成本。高新技术、高端服务业的聚集，又需要更好的城市平台和城市环境，这也是广东活力之所在。

事实已经证明：我们今天再简单讨论福山先生的“国家构建理论”，即从组织、系统、体制、执行力、意识形态着手，已没有多大意义。中国的转型在云计算、互联网等信息技术发达的今天，必须有新的思路和创新的格局。

在广佛同城化之后，广东近年又组织了多个城市，形成两大都市区：深圳、东莞、惠州组成了“深莞惠都市区”，珠海、江门、中山组成了“珠中江都市区”，这两个都市区通过经济、政治、文化、社会、公民等方面的一系列协议，在运行了近两年之后，市民的消费成本、企业营商成本明显降低，政府的服务明显改善，可见，产业聚集的结果不是削弱，而是加强！

看来，产业同声、城镇同城，同构拼消耗，同享能对接合作。其关键是决策者想不想“对接同享”。

只有合作，才能出环境，构建新格局！

很多时候，不是我们要不要干、能不能干，而是我们敢不敢干、会不会干！敢干 + 会干才会形成真格局。硬实力 + 软实力 + 巧实力，才是真正的实力！

一个城市的活力，不在于每天的拆迁和修缮，那是工匠行为。一个城市的精神，在于有激情和活力，在于不断创新的思想，在于智慧的行动。

厚街是一个镇，展览业从无到有，每年仅出租场地费就已超过 10 亿元，“全球名家具展”成了一个国际品牌。

深圳为了打造港深合作格局，在争取“综合改革试验区”无果的情况下，很快在临近香港的前海，建设了一个为中小企业服务、集聚中小企业总部的“前海新城”。其竞争利器是“比特区更特”的政策氛围。

深圳人的“敢为人先”变为“智为人前”，“包容建设”变为“从容前行”。

珠澳合作是一个长期谋划的格局。珠海离澳门最近的横琴岛约有100平方千米土地，在沉默了近20年的省级开发区土地上，于2010年终于获国务院审批为“跨境合作区”。如今，20多平方千米核心区正在建设中。珠海要与澳门合作把这一地区建成“国际热岛”。

这是珠海经济发展的一个格局，一个升级转型的增长空间，也可能是社会转型的一个试验区和样板。而广东从200多个专业镇的点对点扶持，到科技专业镇，又进一步对部分镇拔高扶助，也体现了广东城镇化格局的另一个样板。

为了改变珠江口的格局，“再造一个广州”，或再造一个类似香港、新加坡的自由港，珠江口活力再造行动开始了：广州划出南沙800平方千米水网纵横的土地，其中湿地约占1/3。如果建成，将会有千座桥梁，可媲美威尼斯或圣彼得堡。

当然，这些都是经济、社会转型升级的布局与实践。城市形态、产业特色、人文社会、绿色美景等是否能按照预期“格”出一个个时代风貌、“格”出水平，赢得一致认可，将是广东“双转”的重任。

佛山在农村工业化、城镇化进程中，发现“城市体量”的核心才是关键。于是有了广东的第四座新城——佛山新城。这个面积约90平方千米的新城与众不同之处在于，要打造一个现代CBD，一个慢城，一个区域交通中心，已确定打造中德国际技术合作交易平台，中日、中美平台正在酝酿之中——据佛山新城学者型官员赵海介绍，该新城将成为佛山新城市中心，佛山未来的城市服务中心，转型升级的重要发动机，成为珠三角乃至泛珠地区的城市与产业高地。其愿景是逐步按生态新城要求，将佛山打造成符合国际标准的宜居、宜业、宜乐、宜游、宜梦想的“五宜”新城。

肇庆的大旺新城、四会的玉石新城、五华的泥矿泉等等，都踏上了加快城镇、产业发展与发挥特色的创新征程。

四大新城与数百个专业城镇所展示的广东幸福新政中的城市与区域“造芯”战略，体现了广东在城市化进程中三大都市区的龙头新动力，这是大珠三角乃至粤港澳合作和城乡二元向一元创新所谱写的一个新篇章。

【演播室　专家谈区域合作】

广东省的“双转”，可以归纳为转型造芯，升级品位。建设和谐社会，从衣食住行等一项项抓实，一项项对接……

【再次推出片名　格局】

广州海印桥全景图

广东的新城格局，不仅使广佛肇、珠中江、深莞惠与许多城镇如虎添翼，使它们成为具有国际竞争力的区域城市或活力城镇，也将使东西两翼和北部山区新格局打造有了更广泛的动力源泉。

这是一个从上到下、从下到上、从里到外、从外到里、从个体到团体、从商业到政治的全新转型升级，建设民主、法制、人性、平和、温馨、活力、公平、尊严、淡定等格局的美好时代！

2010年，广东经济已超越了中国香港、新加坡和中国台湾。但广东仅有这样的平台格局是不够的。

高度决定影响力，思路决定出路，想法决定生活，行动决定格局。

2010年，国家同意了广东的规划方案：把珠三角规划上升到国家层面。《珠三角发展规划纲要》诠释了珠三角的发展方向、路径、重要项目、协商合作机制等。在国家支持下，要把珠三角打造成全球十大都市圈之一，融入国际发达都市圈俱乐部。这个规划虽然已经没有了当年特区政策的劲头，也没有浦东、滨海新区热闹，但作为珠三角地区，这个规划把深莞惠、珠中江、广佛肇三大都市区联系起来，才能更好地为山区、为邻里创造机会与幸福，才可能为东西两翼、山区发展部分地方攒足后劲。

根据国际成熟都市圈的经验，在2003年后对全球十大国际都市圈有了新的理论解读：其空间不能小于3万平方千米，人口超过5 000万，GDP超过5 000亿美元，且交通发达，服务业占第一、第二产业比重超过60%。广东这么做，已经形成了国际都市圈的发展格局，其影响力将是不可估量的。

在全球化的今天，别说是一个城市，就是一个中小企业，也要有国际视野和国际格局，没有这种视野，不但走不远，即使走远了也走不动！

2008年以来，广东加强了全球推广，并在纽约、巴黎、伦敦、法兰克福、莫斯科，乃至俄罗斯的中等城市利佩茨克展开了推介和招商，各行业包括纺织服装、家电、眼镜等在政府资助下，与同行合作洽谈，访友交流，几十个行业几年遍访全球上百个国家、上千座城市，目前已基本形成了全球视野下的合作格局，虽然有的层次仍然很低。

在经济转型发展过程中，局部不均衡是可以理解的，而在社会转型建设中，要从民生、民意、公共服务上突破才能上格局。

南方航空公司去西班牙马德里推广的时候，许多市民茫然地问："你们南方航空在什么城市?"回答在广州。对方又问"广州在哪"，直到告知离香港很近时，对方才"哦"了一声，说"香港啊，知道知道"。

不要以为南航是中国最大的航空公司，深圳是中国改革开放第一城，广州是中国三大城市之一，就有了大城市的格局，别人就有义务知道你，你有什么可值得骄傲的呢?

埋怨不是转型，至多是发泄。高调也不是转变，至多是吹牛。面对别人的茫然、自己的不足，最好的办法是充实自己，轻装上阵，才能打开局面，与别人同台竞技。

要打造广东经济转型的大格局，大企业做大、中企业做强、小企业做特，技术上平台，市场更加国际化、网络化；而社会转型的格局必须往体制市场化、国企现代化、经济社会化、合作区域化、发展持续化、政府效率化、社会法制化推进。

当大城市成了宝地，山区的高速列车已难使闭塞乡村走向发达，广东的格局变革才刚开始!

广东还能等待吗?

广东已没有等待的时间了。

我们能不上格局吗?

广东已别无选择。

第四集

台　阶

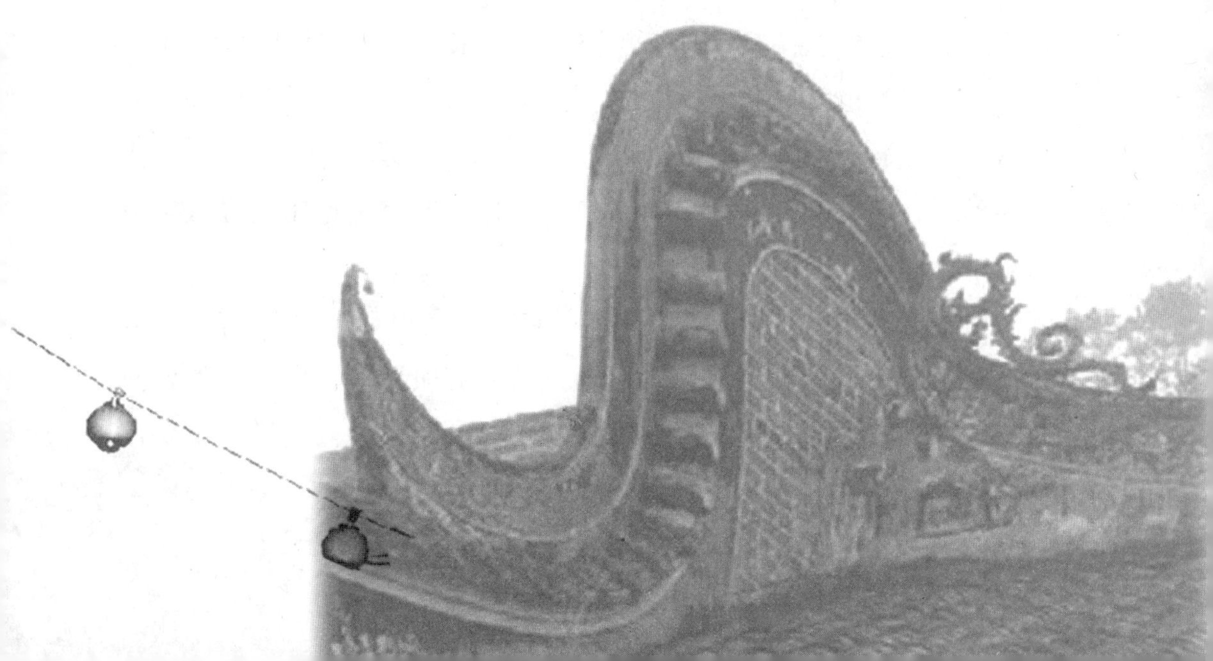

聪明的动物会上蹿下跳谋生，智慧的我们又怎能不左冲右突寻觅幸福？

“存在即合理。”不要随便指责别人落后，而应该做“推动者”，比如社保（养老保险、医疗保险等），虽然各有不完善，谁又离得开谁呢？

美国就不讲养儿防老。根据美国家庭照顾联盟统计，全美有4 300万人为50岁以上的亲属和非亲属提供无偿护理，每年花销4 500亿美元。这说明，社会服务体系是建设在奉献或善心上的，这是社会的基本精神。

广东人与全国一样，如果说20世纪80年代人们问“中国向何处去”，90年代问“自己向何处去”，“揾钱揾工揾希望”，到了21世纪头十年，则问“我们怎么揾”？而今天，又迈向如何“揾”才能更幸福一些。台阶，一个又一个台阶正等待着我们。大到社会，小到像美国那样，1万美元的交易现金都要受到监控。

我们难以预料未来十年广东的改革与发展究竟是什么样子。在全球化大趋势下，企业的发展模式两三年甚至一两年就要创新一次，IT产业技术几个月就会刷新，新兴产业的翻云覆雨使我们必须睁大眼睛，市场的变化常常让人措手不及。

从1997年亚洲金融风暴到2008年金融海啸，再到2011年欧债危机，金融振荡频率越来越快，让你来不及研究与总结应对！

广东人也深受传统文化中“比较”二字影响。批评与陈述，喜用“比较”登台，一如当年辜鸿铭的“中国人精神”，以绅士性不是软弱、粗鲁不是粗暴而名噪一时。至今这种比较方法仍流行于大江南北。

经济的转型可不是“比较”，它不仅是一步步按照自身的规律奔驰，还裹挟着政治呼风唤雨。经济上项目易，上国际的台阶却犹如虎口拔牙，搞不好牙没拔掉还把自己伤了。这样的事层出不穷。

广东经济转型有劳动生产率、经济金融化、产业链等台阶，社会转型也有政府绩效、民主法制、公平公正等台阶，左边可能是转型的阻力，右边则可能是动力。左右开弓方能成就合力！

我们面临的环境是：经济、政府、行业协会、媒体、研究机构都要上转型台阶。可当今世界各种社会管理部门在危机面前又往往束手无策。国际上连一场大罢工、一个丑闻也可结束一届政府或一个主官、一个组织的寿命，一切“个案”尚来不及实施就变成了“搁案”。这是为什么？是转得太快没准备，还是一切太偶然？

从20年前东欧剧变与苏联解体的“瞬间”、魁北克省的“几度扰人独立春梦”、巨型企业安然公司的倒闭、印度远去的农药事件、华尔街金融公司的恶行，到雷曼兄弟的“百年寿终”，我们的未来究竟是怎样的命运？

广州用几亿元培育留交会，2011年推介签约项目一年收益过200亿，广州留交会也成为广州第五大经济力量。尽管当年许多人不看好留交会，但与全国十大留交会渐成过去相比，广州的幸运在于能够坚持一步一个脚印，从务虚到务虚与务实相结合，办法总比困难多，历史不就是这样演绎的吗？

第13届广州留交会开幕现场

有人说，日子一天比一天好，一年一个台阶；又有人说，日子难过年年过，年年难过又一年。其实，幸福也是一个个台阶，各个阶段都有不同的人生体悟。

好大喜功不如实实在在办几件事，实实在在办事则要以坚持、坚定、引领、合作效益为准则。

穗港澳在南沙建立国际仲裁中心，是广州牵头策划与为之，也是南沙城市化、工业化、国际化同步的一项举措。其实，发展的路千万条，地方经济社会上台阶的路径众多，节庆经济是县市区域生产型经济上升到社会型经济的一个台阶，这比一村一品、1 + N 的国际与国家或区域品牌、盈利项目要高一个层次。在金融让经济提速、促进民生制度化的今天，民生幸福实际上是社会从经济转向幸福综合追求的实质所在，这也是政策转型的真谛与秘密所在。

放下小农式自尊，就能跨上社会一元主导的转型：经济向金融与科技知识主导、民生向民生幸福主导、发展向和谐可持续主导转身！

茂名放鸡岛是中国开放的第一个无人岛旅游项目，几经磨难，渐成气候。其实，社会转型的每一道门槛都有太多的学问，使人不得不打起十二分精神，以百倍的努力面对，稍有不慎，就可能闭眼走上钢丝绳，命悬一线。摸索并遵循社会转型的规律，显然困难重重。

我们的面前有多少台阶？

我们不清楚。

唯一清楚的台阶即目标、过程、动力，也是从不适应改革到适应，从不和谐改造到和谐，谁要是不这样应对，就是掩耳盗铃，更别想看上一眼虚无缥缈的“无限风光”。

深圳华侨城项目是国内最早也是至今最成熟的主题公园。如今美国人均每年消费142美元在主题公园上，而我们就一个主题公园还奋斗了30年。今天华侨城的经历，也印证了人类社会的发展都是这样一个个台阶往上走的。生物界的“进化”不也是这样一个个台阶进化的吗？不同的是，“社会进化”的结果往往取决于当事人的决心和行动的力度。

这就是台阶的本质！

【推出片名　台阶】

上台阶就是打造话语权。

广州天然长寿村比广西巴马还早卖“健康”，却少了创意，将来不见得能走多远。在今天，创意成为全民文化，任何人、任何单位都有打造话语权的机会，这就使“机会均等”成为现实。别看泰国城市化率仅20%，但泰国从国王到农民都十分注重创意，两届奥斯卡广告奖都是泰国农民的创意。从这个角度说，未来的台阶如何迈，创意能力决定一切。而全民创意又决定全民水平。

为了追寻转型升级、建设幸福广东，2011 年，广东建构起了主客观“幸福指标”体系。这些指标用心良苦，内容丰富，涵盖了党政改革、企业转型升级、绿色 GDP、人民生活、城市发展、环境优化、人文精神，可以称得上是“美好生活、幸福广东”的台阶指引，“幸福新政”努力的方向，百姓愿景的“幸福大百科全书”。

按照这套指标，广东经过努力将迈入“发达现代化地区”行列，呈现人民富足、从容发展、蓝天白云、绿水青山的局面。

按照这套指标，广东的民主法制、反腐倡廉、公平公正、安居乐业、祥和安宁、包容社会将不无可能。

这样的愿景能否实现，要看我们敢不敢付出代价。

可怕的不是代价本身，而是代价值不值，交易成本可否降至“最合理”。

在国际分工中，芭比娃娃与 iPad 是两个极富代表意义的“Made in China（中国制造）”，在美国销售的芭比娃娃，每个若以 10 美元计，中国企业只能拿到 35 美分的加工费；iPad 在美国每台售价 499 美元，中国仅得 9 美元的报酬。由芭比娃娃到 iPad，“中国制造”的代工技术显著升级，但是中国从中所获取的毛收益在整个产品中所占的比价却从 3.5% 下降到 1.8%。显然这就是转型中要付出的代价。我们中国人的就业人数比欧盟还多 4 000 万，吃饭苦总比没饭吃要好。

入世后，广东将市场机制的魔力、国际分工的活力与人民吃苦耐劳的潜力、政府高效组织的能力相结合，激发出巨大的生产力。这也给广东提出了经济转型的新课题——如何激发高端生产力，实现经济转轨上台阶。从芭比娃娃产品代工到芭比女皇品牌，产业到产业链，产能到循环生产，技术到工艺，管理到模式创新，文化对接到文化管理，知识到智慧，广东能一步一个台

阶吗？

上不了台阶就会下台阶，没有打造出自己的话语权，就会被人家的话语权所控制。个人、企业、政府中类似的例子不胜枚举。

广东经济上台阶可以从三方面突破：对小微企业，政府出钱进行项目贴息与请中介扶智；以提供就业与税收的多少考评大中型企业的发展能力；以全民创业提供信贷考评金融机构对社会的价值。发达国家平均 20 人就有 1 家小微企业，我们 150 人才有 1 家，小微企业的发展空间大得很。

广东社会转型台阶可以依法创新部门、依法改革社会管理体制、依法实施新公共管理。不要小看改良，一年一小步，三五年一中步，十年肯定一大步。长年积累就可以迈上新的台阶。

说大话、空话的改革者，不是真正负责任的改革者，实际上这些人比反对者更可怕。

当前，广东经济转型仍然面临发展瓶颈和技术升级、产品换代等困难，但相比之下，社会转型问题要严峻得多：资源到资本、民主与法制、机制与制度、公开与公平、环境与生态，以及包容到从容、尊重到尊严、领导到服务，这些“台阶”既是社会建设的“核心价值观”，也是对我们自己的挑战，它们将深刻影响未来的社会发展走势与社会生态。

台阶，就是时间的比赛；台阶，就是一种责任；台阶，更是希望之所在！

东莞结汇率曾经占全国的 1/4，深圳创造了外汇贡献 1/3 的纪录。广东制造越多，出口越多，外汇储备越多，资源净损耗就越多，所受的国际剥削就越多。当今国际储备货币都是信用货币，早已不再是真金白银，相关国家可以无限制地印刷发行。而我们将赚取的外汇持续投入美欧等国的证券市场、企业、机构，发达国家则通过低成本融资，然后到中国投资获取高额回报。在这一点上广东显然很吃亏。

在社会管理转型，尤其是国际社会分工的管理上，我们还是新兵。政府是社会转型的主体，我们要使自己在转型中不落伍，只有学习、学习、再学习。

广东并不怕产品卖低价吃亏，因为这带来明显的利润和就业率的增长，作为机会它还能驱使我们调整战略。

现代社会，是一个为多极、多元左右的社会，社会管理无处不在，经济转型只有融于社会转型中，社会才能有序、有纪、有力量迈上新台阶。

2010 年，王石谈到，国际化使我们学会了真正的企业管理。他讲到万科为寻找国际合作伙伴开拓新领域，与美国最大礼品公司的金属制品公司谈合作事宜。为了不至于使双边谈判造成“大鱼吃小鱼”的局面，万科聘请了一家香港律师行参与谈判。这家律师行既熟悉国内，又了解国际，成为多边谈判的关键。最后协议签订下来，装订成 300 多页厚厚的一本，里面的条款不仅帮助万科享受到公正待遇，还为万科开拓了一个新的业务领域。

如果沿用老方法，强调双边谈判，即便只是一份企业业务合同，可能都难以达到最好效果。

经济在转型中如何上好社会转型这一课，除了自己踏上知识技术市场台阶，更重要的是踏上第三方台阶——管理咨询业。一个没有首席经济学家或没有总顾问、专业顾问的企业不是一家现代企业。经济转型将因此而缺少现代核心元素，社会转型也会因经济转型的弊端而遇到更多困难。

虽然广东使用第三方力量有口皆碑，但购买第三方服务却不够市场化，在一定程度上影响了转型发展。这与咨询行业仅占 GDP 不到 0.3% 因而可忽略不计有关，而同期美国是 7%，香港高达 10%。

经济全球化与经济金融化，促进了国际金融资本的空前联合。国际金融资本间尤其是与华尔街日趋紧密地联合起来，不断加大、加深从国内民族资本、劳动大众和储蓄者手中获取高额投资收益的范围和程度。境外战略投资者诱使国有垄断企业、民营优质企业到海外上市，让国际私人股权资本、投资银行甚或对冲基金等“影子银行”进入广东，如花旗零负债进入广发行，恒大、碧桂园上市境外，实际上是令国民财富源源不绝流向海外。

最有效的办法当然是让实业走出去。据统计，广东目前有上千家企业在全球从事技术、金融贸易，这是广东倒逼的金融与技术国际化，是不自暴自弃打开了一扇门。

深圳特区夜景图

在特区成立 30 年之际，温家宝总理在深圳讲话中提出不进行政治体制改革就是死路一条，提出民主自由和法制是人类共同的财富。之后又在连续七次的讲话中敦促政改，提倡普世价值。

当经济问题政治化、政治问题经济化无法形成合力而纠结、纠缠、无法纠偏时，别说上台阶，经济转型还可能失身，社会转型也可能失败！

2010年，广东人开办的中国中东商品采购中心开业大典如期举行。这家采购中心位于迪拜旁边，是阿拉伯联合酋长国另一个“国王”的领地。以展贸业为主，代工（OEM）和自主技术（ODM）的产业链可能会在几年后形成。投资者牵头人陈芝华是拥有2.8万家会员的广东电脑商会会长。广东的家具商会在巴黎买下千亩土地办家具城，眼镜企业瞄准了人口众多的印度市场，广东农垦在印度尼西亚、菲律宾已发展了事业。这些都只是广东走向世界的一个缩影。

这是上国际台阶，但是否可以在国际中上升到一个话语权的台阶，我们只能期盼和祝福。

显然，广东业界正以全球眼光进行着全球产业链的登台布局，这对避免真金对纸币、白银对虚拟（产业），冲破贸易壁垒，加快经济转型、社会建设升级可能是一个重要选择。

在别人打压你时，恼怒不能解决问题，只有在掌握主动权之后才有在台上说话的机会。

【演播室　专家谈国际市场拓展】

广东企业和商会对国际市场的拓展，自2008年金融危机以来，可以说上了两次台阶……

广东绿道成为幸福绿道

中山市小榄镇是中国首家成立专业低碳机构的镇。该镇不回避污染、生态破坏等问题，成立了低碳发展促进中心，直指产业升级要生态化、制度化与可持续等核心问题。中心任务是协助政府推动低碳发展目标的实施和低碳城市的建设。

在全球化面前，我们不能埋怨，只能向前！

近日广州宣布，民间 PM 2.5 将诞生。2011 年 12 月 28 日，广东省环保厅区域大气科学研究中心首席专家、省环境监测中心副主任钟流举透露，为贯彻落实广东省委书记汪洋提出的“以 PM 2.5 监测倒逼空气质量改善”的讲话精神，广东将根据国家的总体部署并结合实际情况，制订开展相关的监测计划，具体分三步实施，即 2012 年珠三角 9 个地级以上市和顺德区要率先开展 PM 2.5 和臭氧监测；2013 年，再加上韶关、湛江和汕头（均为国家环保重点城市或环保模范城市）三市；2014 年，全省所有地级以上城市全部开展监测，比国家要求提前一年完成任务。这与一些人想象的“打压”形成鲜明对比。就在德班世界气候大会历经周折之际，广东低碳省建设已稳步推行一年有余，涌现了一批“碳路先锋”，如浪奇化工、招商地产等企业。

在今天，企业或产业发展，已经不是一区一县设置边界就能有所作为，如果不能融入区际、国际、行业的全产业链，即使有着“厚实的财政”，也不可能永远走得慷慨体面，当然更不会有话语权。

曾经以其国际专利授权占大陆企业国际专利授权一半的纪录而让中科院技术专家欷歔的华为，被称为全球三大科技公司之一，它的故事像海尔一样在社会上广为流传。2011 年 10 月，董事长任正非公开表示，2010 年华为已经在全球近 50 个国家开创业务项目和公司，实现销售收入 300 亿美元的目标，并有望于 2015 或 2020 年达到 1 000 亿美元。这则信息没什么新意，让人振奋的是华为作为一个通信类设备供应商与解决方案专家，要实现新的跨越：云平台方面超越思科，云业务方面追赶谷歌，让全世界所有用户像用电脑一样享用信息与服务。

经济转型靠新锐企业主导。没有新思想、新的社会承担，企业就没有话语权。

毕竟我们只经过改革开放三十余年的历练，缺乏国际经验。通过全球化练内功一如在海边慢慢学会游泳，最后方能搏击海浪。上台阶何尝不是如此？

有上台阶就有下台阶，无论国企还是民企，要建立起现代企业制度至少还需努力十年二十年。即使是像阿里巴巴那样快速发展的知名企业，仍有诚信体系建设重任：继去年与风投股东发生争执，今年淘宝又陷入欺诈门、年费门和售假门"三重门"，单方面涨价更令中小企业客户异常愤怒。

诚信如果不落实到社会制度合作上，只会加剧社会的不幸福感，那就是逆台阶而行，成为社会建设的阻力！而企业只有成为"服务性企业"，才能实现与社会建设"融为一体"的转型。

在广东，华为、美的、格兰仕、格力基本上都称得上是售后服务型公司，与 IBM 的距离，是研发服务链、高端服务业盈利能力、产品服务链条升级的距离，是不同的台阶，是科技与金融主导乃至精细管理、战略管理的差距。巴菲特最近购入 IBM 股票达 107 亿，是因为他看中了"IBM 是服务型公司"。的确，只有当经济组织不是索取社会，而是服务社会，企业不是卖产品赚钱而是卖服务获誉时，经济才能上现代化台阶，社会转型也才能在经济领域实现"双轮驱动"。

经济社会转型中有许多台阶必须跨越：技术，全产业链，市场布局，产权重组，行政改革，税收改革，共同体建设，政界、学界、商界精英形象重塑，技术塔尖专利的增量与经营，环节话语权，国际市场的产品与资本经营。广东不少企业走出去也是品牌、服务、产品、标准、资本的转型，是时空台阶的跨越。

【再次推出片名　台阶】

转型！转型！我们要让经济与社会两条平行线并成一条，从社会角度梳理、设计、创新转型元素，以时空观、宇宙观、物质观解码社会转型，才能一步一个台阶！才不会出现南海罗村红十字会医院弃婴案、深圳市第二人民医院麻醉科一支麻药多人使用的现象！

转型登台阶，二元转型变一元，最根本的是“法制化”，它是纲，是结，是中心，是战略！

企业的社会转型，是以管理精细化，发展国际化、技术化为标杆的。

南方航空公司的转型，朝着三个方向进行，从而基本实现了一个国际航空运输企业的布局：引入全球最大物流公司联邦快递，在广州白云机场设立“亚太转运中心”；以澳大利亚为国际航班中转港，布局国际航线；以旅游推广提高全球认知度，拓展贸易市场空间，以引入国际代码等管理提高绩效。白云机场也因此登上了国际化枢纽机场的台阶。

这表明一个事实：转型升级的台阶要按照现代化、国际化、市场化、法制化的要求进行设计，个人、单位都不能拒绝制度的约束与发展的愿景。

无论企业、城镇是大还是小，也无论是省县政府主官还是部门领导，台阶都是我们的目标，也是我们的希望和行动。幸福只属于那些攀登台阶的人。

【演播室　专家谈渐进的行政体制改革】

行政改革的渐进效益，要看最终的成果及价值……

广东省樟木头镇是一个外向度很高的镇，从以房地产立业到以商贸服务业立镇，20年间跨越了3个台阶。显然，政策制定过程有一个从不成熟到成熟的过程，执行者也有一个上水平、上质量进而上台阶的过程。

樟木头房地产业与商贸服务业

经济转型与社会转型的台阶，其共同点都是转型。转是过程，型是结果。转得充分，型也就美好。具体到个人也如此。苏东坡为官40年，做过38任（种）官，可能创造了历史之最，他也因此成为中国历史上唯一的全才：诗词书画礼工农医“八栖专家”。其前后《赤壁赋》与《谢民师书论》更是传唱千古。天津、北京、上海报载，80岁老医生每天主刀，到90岁仍望闻问切。

正是他们健康地、不断地历练，才成就了“山高人为峰”。转型升级不也是如此吗？

第五集

路 径

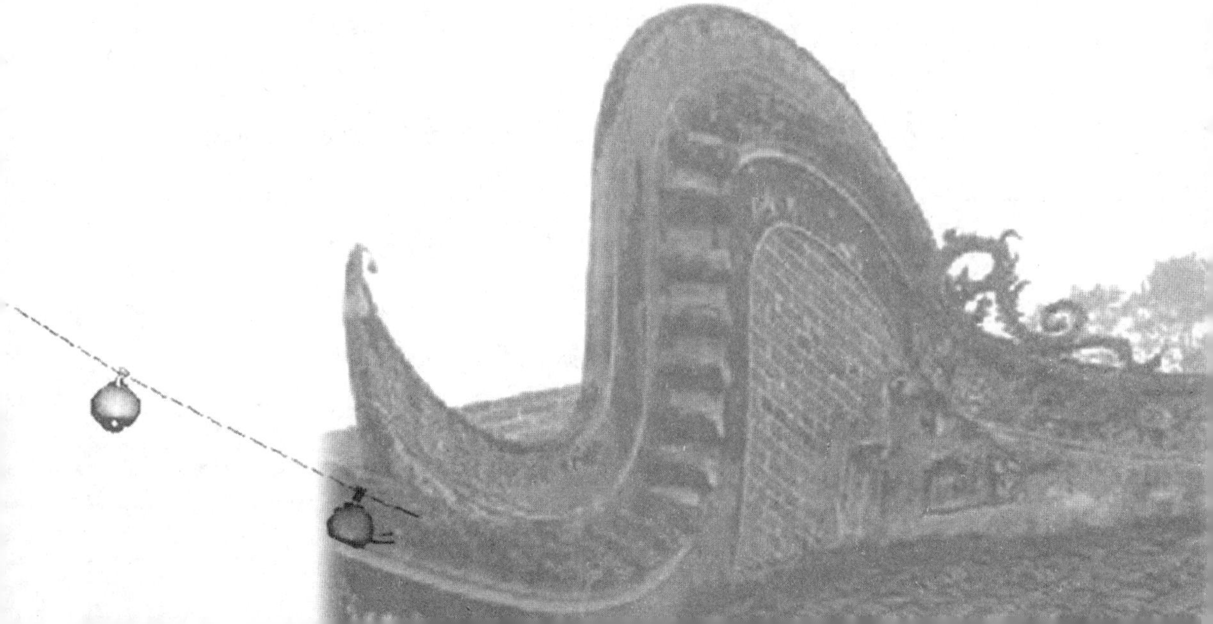

从里往外看，社会像个万花筒，让人无所适从；从外往里看，社会绚丽多彩，人人有份。

广东当前公共管理最迫切的，是“从外往里看”，即制定社会化的公共管理路径与产品创新设计，改变目前“从里往外看”的经济方法与管理社会的“传统施政方法”。

2010年，学术界编写的被称有所创新的“中国地方政府效率报告”中，广东仅处于中上位置，有些指标还是中等。可在社会评价中，广东政府的形象却在“前列”，中科院评估广东的市场化率居全国榜首。是指标“舶来”味太重导致号脉不准，还是广东公共管理确实如此？

新公共管理认为：社会转型的关键是官僚体制转向公共管理。为了区别新与旧，以撒切尔夫人新政引入的企业化管理为分界线，之前叫“公共管理”，之后叫“新公共管理”，二者本质上并无区别。撒切尔夫人引入的企业管理机制也只好了一段时间，这说明，公共管理要建立不断创新的机制，才能保持活力。

社会转型的核心是“公共管理”制度的确立。

中国社会正处于城市化、人口结构转变、劳动力市场转型、政府提升绩效的“新公共管理”时代。“福祸无门，惟人所召”，无论你喜欢与否，公共管理的车轮都滚滚向前。

清溪镇是东莞市的一个山区镇，现在已经成了闻名遐迩的生态镇、电子镇、高新科技创新基地。这个镇在广东最早提出“学新加坡模式”，无论人事怎样变动，沿袭至今未变。我们也许不能说它的“公共管理”很好，但它的创新、福利、环境、建设仍能给人以不少启发。它为居民提供的小区服务、信息公共服务，是在城镇成长初期，从1993年就开始了的。所以这个镇从创新事业入手，不断引入新的管理模式，迅速成长起来。

学新加坡模式的东莞市清溪镇

创新的源泉来自对人性的激发，规制则来自理性的经营。

公共管理显然要保护和建立人性与理性行为，二者不偏不倚找到平衡点。

在我国现行规制下，公共管理在基层的创新尤为重要。东莞市大朗镇的“广东镇级第一档案馆”建设，为企业提供了新的公共服务平台。在公共管理上，政府的“半拉子市场”往往使得市场功能虚置，规范不到位。茅台酒天价、以药养医、食品不安全，根本原因是缺乏公私界限，把奢侈品、大众用品混为一谈，如果管住奢侈品上桌、把住精英用公款消费的嘴、拴住拿钱的手、捆住乱跑的脚，还能有多少问题不能理顺的呢？

东莞市大朗镇是中国第一毛纺织镇，却常让客人吃食堂，想到“老百姓看我们大吃大喝会不高兴”渐渐成了一项制度。东莞许多公共事业部门也都这么做，也没影响餐饮业发展。可见，公共管理最要紧的不是喊口号，而是身体力行，把中央的“三令五申”变成制度！

从 2008 年金融危机中，广东应吸取的市场教训也是深刻的：

政府应当建立社会快速反应机制，保护市场之优，抑制市场之劣。市场经济不是经济与社会的全部，对它的优劣应有清醒的认识。

如果更早一点处理东莞无良外商欠薪逃匿事件、深圳富士康事件等，有一套公共管理程序，也不至于闹得“不可开交”。

市场经济有三优：激励个人、机构、社会创新，构建自来水式的社会活力机制；以交换范围的广泛及信息对称实现市场资源最优化配置，达到供需平衡；以优胜劣汰的竞争机制实现整体市场的进步。

市场经济也有三劣：垄断性控制空间，以封闭信息做大自己；欺诈性售卖短缺、追逐企业百分之三百的暴利；以流动性独霸渠道资源，扰乱社会秩序。

广东已有不少社会事件发生，如潮汕事件、宝安事件等。客观地说，改革开放30多年来，政府、企业、公民、学界、新闻界以及各种中介组织都十分努力，由于利益的纠结、分配的公平问题，形成了多种对立。这其中原因很多，有一条特别重要，就是政府的沟通机制常态化、中介组织社会化、项目审批发包的不透明化成为三根绞索，使纠结越拉越紧，导致多种矛盾纠缠愈演愈烈，事件发生是一个瞬间的揪住不放的结果。

解铃还需系铃人。

这一切都指向“公共管理”的缺失，“公共管理”的严重滞后。

广东政府正在酝酿全面通过实施公共财政时间表，公开财政预决算；加快发展社会中介组织，实施决策科学化，改变“决策腐败”；让专业机构、公民参政议政，恪守权力边界，把经济交给市场，把权力交给民众，把监督权交给法律权力机构，使组织权力回归市场；从而使公民、政府、企业机构、社会各得其所，建立起公共管理机制体系。

广东公共管理虽然谈不上有什么大的突破，但亮点还是有的。近年最大的特点是官员敢于讲自己的意见，且身体力行，不怕做先驱，比如允许党报一企多制、一报多刊、一言多议、一路多走的路径设计，使广东独占中国十大平面媒体中的四家。最近公布的招录“聘用制公务员”、民政厅表示要放开登记、同一学协会性质的可以办多个学协会等新事层出不穷，但民众对全省的社会组织发育滞后、财政帮扶不到位、部门改革力度不大、反腐败力度不够等批评也是现实的真实写照。

公共管理气氛的形成是一个渐进过程，需要有做先驱的勇气，敢言、敢干、敢突破。如公开“老赖”企业名单和贪污腐败分子、道德水平低下者的劣行等，社会管理才有“公共性”，公共管理才成为“公共服务管理”。

公共管理是适应国际多边协商机制与服务购买主导的服务型政府建设的管理。

新公共管理更是不纠结、不纠缠、不纠住的“三不纠”和要纠错、纠偏、纠正的“三纠”的管理。

公共管理是从人治到法治、从经济手段到文化力的管理！

【推出片名　路径】

广东经济狂奔了几十年，但在社会管理这方面滞后，要补还得抓紧，当然也需要一点时间。新制度经济学认为政府应履行“保护公民，生产共享品，再分配产权”的义务，而我们的公共管理却还要在思想、技术、态度、解决方案上下工夫而不能同步。

现在社会有些急，希望政府加快改革权力壁垒，提高公共技术管理水平；政府也有些急，怕对不起社会和百姓，背负阻碍改革的罪名。

广东目前问题的关键是：全面推行公共管理这一个目标。推进的过程可采取分步走：界定部门权力边界，培育社会组织承担社会管理的能力；改革不适应的体制，简政放权；形成上下联动的技术改革，依法改革；循着“台阶”社会化机制建设给出阶段重点及实施时间表。

广东当下的任务是：公共管理的每一步棋，都要从“社会”的角度去定位，从路径设计上突破，从产品服务上提高。通过不等、不急、不慢、不停的“四不”态度，形成一种社会管理生态，用“时间表”检查，以制度约束。

在方向上，学界代表性观点有三种：一是学习西方政府以新公共管理模式取代传统官僚模式，重点在掌舵、企业化管理、顾问导向、授权制、目标控制、人力资源、公共产品减少外部性方面下工夫；二是自上而下与自下而上的改革，注入新的公共管理元素；三是小政府大社会式。

这些观点讲目标，却缺乏过程和解决方案，操作起来较难。我们需要边干边试的可操作的解决方案。

广东的各类城镇都可将提高政府依法管理技术水平作为突破口。如广州堵车，香港不堵，原因很简单，香港街道设计合理，是从技术层面解决的，符合“三七定律”——市中心三成道路七成车的技术规划与路径设计。广州可否改进？政府下得了决心吗？技术上可行吗？信息透明，政府部门可依法公布，这些都是技术问题而非政治法律问题。

对于广东各级政府及公共事业单位，公共管理的简单性在于提高目标、控制绩效、授权从技术管理突破；复杂性在于把政府职能说得包罗万象，牵一发而动全身，讲目标不重过程，把技术问题当成政治问题，一步分输赢、一策决胜负的传统思维仍在蔓延。

当下，地方公共管理可以简化为权力的社会技术管理，简化为路径或分权分工，依法行政。比如公开财政违法了吗？让老百姓知道政府作为、公开信息违法了吗？不做才违法，政府应当从检查自己是否违法开始。

改革现行体制，建立公共管理体制，部门要从依法办事入手，地方政府要从引导与服务突破。如果将经济或合法分工纠结为社会问题或政治问题不去改变，显然危害更大。

近两年，珠海市的行政改革，先在大框架下确立了这样的“公共服务”层次：市一级政府以减少审批事项、决策规划掌舵、协调督促提高绩效、指导服务基层为主要任务；区一级以协调服务、组织监督、强化服务技术为主；而街道一级在技术服务、质量管理上下工夫。

理性看待改革，在现行政治制度下，技术改革应当走在前面，即便失败，也只是局部性的。就政府而言，中国公共管理还要引导公民投资方向，不然“公共服务”就成了一种忽悠。

当然，这不能成为某些懒汉政府或者缺乏卓识的当权者拖延改革或不改革的借口。否则，许多新生的改革元素或发展动力将被扼杀或因窒息而死亡。

珠海公共管理只是在一个层面进行了尝试，对我们的启发是：政府改革可分为政治制度改革和管理制度改革，前者是政体改革，是上层的事，后者是权力分配、绩效提高的改革，是自下而上的改革，不应搅和在一起。纠缠不清、纠结不散、纠偏不力、揪住不放是目前我们对西方的技术和产品狂热追求却对西方文化所强调的坦率、直接、诚实这些品质漠不关心的结果。

广东在全国率先成立社工委（来源：《南方日报》）

虽然"@中国广州发布"这一官方声音在微博群的回应上可能存在许多要改进的地方，但它的上线却表明广州的公民社会新政已拉开了帷幕。长期积攒的"应急管理"有了一个里程碑式的效应：各地市政府、部门都在陆续宣布"@发布"，政府公开、透明的管理有了公众参与，政府形象将变为"导师+导游"的角色。

在现行政治框架下，广东地方治理依法实施的是回归式创新：依靠现代信息技术实现了官民社会管理的互动，这昭示着我们可否通过依法创新，使地方治理迈上一个新台阶，不同地域、部门、行业、领域展示的热忱，将加快公共管理创新，也是我们未来公共管理机制形成的活力所在！

微博，不仅深刻地改变着传媒生态，而且正在重塑政府的执政与公共关系传播方式。新媒体对公权力的运行和公共事务的影响巨大，网络的交互性、偶发性、平面化、碎片化对传统施政方式产生了深刻的冲击。长期习惯于权力自上而下垂直行政，面对网络造成的新的权力场，政府部门感到挑战与机遇并存。合理的监管之外，更需要的是有关部门转变观念，转变执政方式与沟通方式，以适应大媒体时代的到来。

广东经济先行先试，积累的社会问题也更多、更需要尽快解决，公共管理体制建立的艰难性与急迫性更甚。有人追问现在这种以部门为主的综合跨部门改革能走多远，这反映了公民对利益分配的担忧。

我们不能忘记民国初年疾风式的改革，总统更迭如走马灯。但十余年后还是回归到“慢慢来”。中华人民共和国成立后，从“大跃进”、文化大革命的运动式改革到十一届三中全会之后的改革开放，也给了我们这样的启示：新秩序重建重在对程序过程的把控，否则就没有纠偏的机会。

顺德、佛山的大部制是一个组织上的变化，但在实际运行上效率提高了多少，尚有待观察。有一点不容置疑，毕竟我们在往前走。慢工出细活，不怕慢，就怕站。

多年前，广东省商业联合会按照民政登记条例是不能成立的。广东的做法是：主管部门省经信委同民政厅协商，民政厅表示可试一试。改革嘛，不试又怎么知道不行呢？如今，有的企业既参加广东总商会，又参加广东省商业联合会，也没觉得有何不妥，反而觉得“都有好处”。

当下的公共管理，积极发展中介组织并从制度安排上委托其独立承担政府多种类型的授权，改变政府与官员形象；以公开信息和实现常态化让政府公信力得到提高；建立知识分子与社会精英同小微企业、社会公益机构的合作机制，改善精英形象；以公共管理政府行为，以法制推进公共管理建设。

显然，在公共管理过程中，不当先驱的话，恐怕一转眼，连做“烈士”的机会也没有。中国地域辽阔，省级政府有相当大的宏观调控权，地方政府在现行政治制度框架下，只要不违背宪法，符合“三有”，即有较高效率、有较多公共管理元素成长、有较令人满意的对经济社会建设的推动力，就是合乎民意的改革，就是与中央保持一致，就是中国式的新公共管理。

就官员个人而言，也要树立品牌形象，这是公共管理的文化内涵。广州市长陈建华就是网络问政的实践者，人们亲切称之为“华仔”。相反，那些墨守成规、办事拖拉、不探寻路径的人，是对政治、宏观调控、科学发展的亵渎！

从公共管理讲，核心是“官帽”由谁“批发”。从地方进程讲，政府要制订城乡居民收入倍增计划，却不能在现行税制下，强行增加企业负担。对暴利行业、特殊行业、垄断企业、权力机构，都应该有一个预警线。如房地产暴利扭曲了市场，主管部门有责任事前预测其危害，亮暴利红灯，不然就成了“反市场经济”。

【演播室　民政厅官员谈行政改革】

广东的行政改革一直在稳步推进……

【再次推出片名　路径】

今天，政府公共管理更演变成社会公共管理，因为即便产业已进入农业+工业变成工业农业，但三产加一产，可能变成四产，四产再加一产变成五产。信息社会中产业是由 $1+N$ 不断构筑变化的，何况公共管理改革涉及方方面面呢？它需要知识，更需要智慧。智慧已成为能力，智慧大小决定了能力大小，也决定了交易成本的高低和长远的绩效！

智慧企业、智慧城市不是智慧定位，但智慧定输赢，你还能怀疑吗？

广东省社会科学院定了一个奖励智慧的计划，工作人员的建议获得省领导的批示，奖励3万元。广东省社会科学界联合会也已向挂靠单位作出同样表态。可是新问题出来了，今后不挂靠的社团及组织呢？还有奖吗？公共管理要求不设边界，因此就没有圈子，目前以圈子划分势力范围的多不是科学公共管理，社会科学转型不是画圈，而是破圈。

广东省信息产业厅与 IBM（中国）有限公司合作备忘录签约仪式

权力是一只鲍鱼，也是一朵罂粟花。

这就启示我们：公共管理在成长过程中，政府要避免“政治属性画圈”，才能做到公平，公平才有公正的力量。但要做到这一点，也要避免“政府公务员化”，别人都是旁观者。不然，是对政府、社会和公民的不负责任，也是缺乏智慧的表现。

今天我们实际上是政治、人治和法治并行，这也不能说是坏事。目前第一需要改进的是规划，人治应改革为善治，政治应改革为治政，“法治进行曲”才有健康庄严的轨道。

公共管理最要紧的是将“救火队”、“筑路队”、“牵引队”分离，建立“轴承式”的沟通机制，锣对锣，鼓对鼓，空谈误国，大话损己，忽悠损人。

【演播室　专家谈幸福新政下的公共管理】

幸福新政是广东科学发展的具体体现，而公共管理更是政府的职责所在……

百鸟齐鸣，山深林茂。天籁之声，永恒力量。

【再次推出片名　路径】

还有一个问题是避免公共管理的肢解化。如“幸福广东”一提出，连浴足店门前都贴上“幸福在脚下”，这不仅是对别人的不尊重，也是对自己无知的嘲讽。现实中的问题要厘清，不然又会纠结了。

幸福作为一个命题，我们未来的路上有许多理论要突破；

幸福作为一项战略，我们要做好分步走的解决方案；

幸福作为一种愿景，我们要体验和激励，又知足常乐；

幸福作为一项政策，我们经济的转型升级、社会改革路径的推进是核心；

幸福作为社会转型的目标，是公共管理文化对人们行动的牵引，要求人们立即行动，不要置身事外。政府要从人们的行为、事件中吸取教训，增长智慧。

广州城中村——杨箕村因地处市中心，改造没有匆忙进行。该村离省委驻地直线距离不足 2 千米，离省政府也只有几千米远。按市政府规划，杨箕村需拆迁的住户超过 100 户，经过三轮大的谈判，若干轮小的谈判，历时一年多，仍有 16 户 26 栋房屋未与联社达成拆迁协议。根据《村民组织法》等法规文件，这 16 户已全部进入诉讼或执行程序，不服从拆迁者均败诉，村民纷纷表示不服判决。

在这次拆迁中，政府与村民实际上也在博弈，因“信息不对称”或“信息缺失”而演绎了公共管理的欠缺。

杨箕村图

【演播室 市民谈杨箕村拆迁】

市民（广州市杨箕村村民）：杨箕村拆迁持续了这么久，不太顺利的根源在两个方面……政府若引入咨询类社会组织介入，由其充当多边谈判协调人之一，将会使工作更加顺利，政策问题可以简化为“双方协议问题”。

这就涉及一个理论加政策的命题。

理论命题是政府对属地居民是居高临下地下命令还是平等谈判。形成适应市场的“谈判机制”，平等待人，以免让村民觉得在和政府进行双边谈判，自己是弱势一方，肯定吃亏，何况双边谈判也不合国际规则，只会把问题复杂化。我们有多少事件不是因双边谈判引向复杂的呢？

广东改革开放以来的地方治理，是从习仲勋、任仲夷当政年代的“特殊政策、灵活措施”，到林若、叶选平、谢非时代的以加快经济建设为中心，再到李长春、张德江、汪洋时代的解放思想与科学发展，依法治省。30 年来，政府、商界、民众、社会四维地方治理结构正在成长中。

公共管理在爬坡阶段，更需度量。那是一种动力，一种持续改革、提升水平、加快转型的能力。

珠海香洲有一个社区，外来人口很多，从过去的管理混乱到今天的祥和友好社区建设，不是政府投了多少钱，而是广大公民的参与，“自己的事自己办”。精英的作用在于组织、设计与推动。

现代公共管理，是精英与社会互动、社会权力主体与自然主体的“共同体”建设。这种从社区到省的“社会共同体”是公民参与式的公共管理体制建设的重要内容。

第六集

话语权

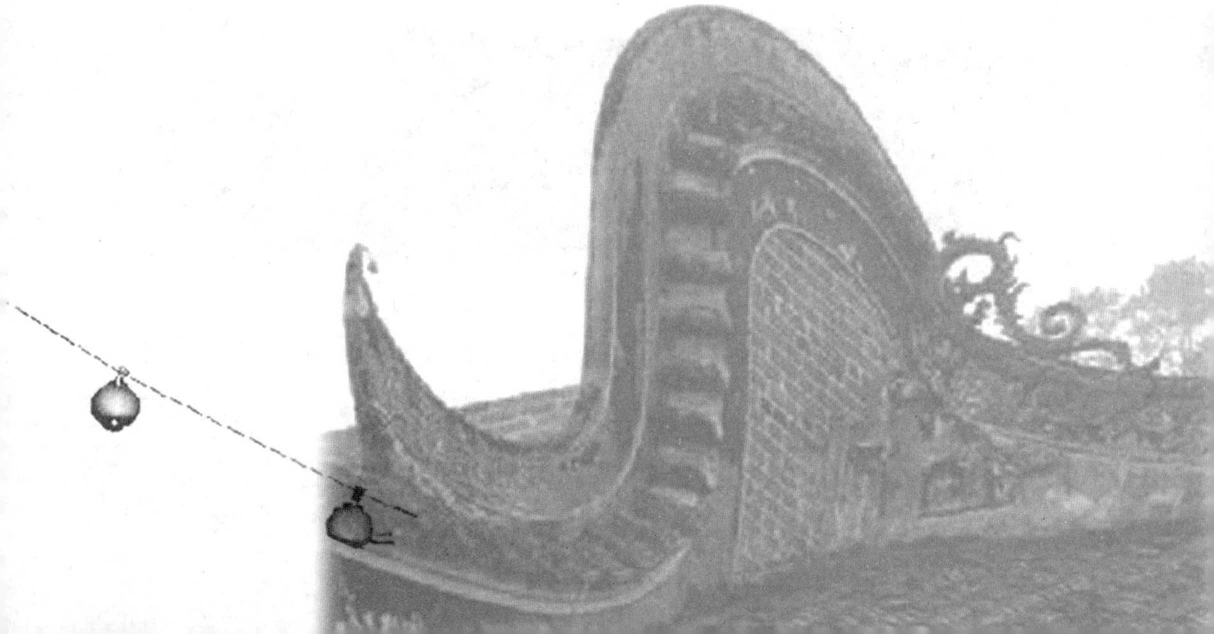

"敢为人先"，闲庭信步，"淡定从容"，精神焕发。

知识让人求实，知识局限使人过于工于心计，自以为是；逻辑让人求是，缺乏逻辑的人会裹足不前。

独断及讲大话，虚功上浮一类的规律与现状，缺乏继承性，逻辑上也不严谨。以道德范式吹嘘粉饰制度，把发展规律引为己功，本身就是伪装与伪命题。

人需要拼劲，才能干一番事业，在思想、事业的隧道中单兵推进，穷尽事理的逻辑力量。

农民企业家许爱顺是广东沙田顺发公司董事长，他在资金不是太宽裕时投入几千万给中科院一个部门搞防治癌症的"生物导弹"。他说企业真正的作用不是干成什么，而是干了有意义的事。许董事长虽无豪言壮语，他的"情结"用弗洛伊德的话说，就是展示本能的"原欲"，让潜意识和意识塑造一个有道德的"自我"和有良心的"超我"。说透了，企业家精神没有原欲、自我、超我，培育不了企业精神。

什么是企业精神？

广东或中国有无企业精神？

人们的回答是"有，但在成长中"。

其实，企业精神无处不在。

2011年国家有关部门发布的广东制造业PMI指数低于全国平均水平，而事实是广东小型企业的利润增速平均达7倍，高于

全国平均水平一大截。是事实对，还是PMI指数创造者对？

PMI指数不能完全衡量企业的创新能力，而企业真正的精神力量在于“干有意义的事”。

现实中，我们经常处于纠结中：垄断性企业一枝独秀；民营或股份制企业中的翘楚，快活奢侈；中等企业打拼市场，活得滋润；小微企业举步维艰，生存困难。正因为纠结，许多本来简单的问题被复杂化，这不是企业精神，也不是解决问题的办法。“求大同，存小异，寻共识，重解决”应是企业精神的出发点。

广州一家咨询公司虽没挣多少钱，却在理论上颇有建树。它的抱负是：在其城市经营领域内做到顶尖。这就是企业精神。企业精神包含了商业精神、商品精神、企业抱负、责任、诚信、创新与文化力等。衡量企业精神的标志是企业持续发展能力与社会责任承担能力。

企业如果不以员工、社会、国家为重，就永远只是个没灵魂的机器，最终会走向死亡，或者落得个不生也不死的结局。

广州、深圳、东莞、佛山都有不少企业沙龙。霓虹灯下，企业家们交流信息，达成商业共识，如广州就有一家“问道”公司专做这类事。放开视野，全球的企业都在更新观念，试图共筑商业共识，加快从人到企业的精神升华。

企业精神的社会价值观，就是弘扬诚信。商品经济实际上是以团体力量规范个体企业行为，以诚信、服务、品牌、现代化标准、资本链五大平台使企业精神具有“企业人”性格。如此，企业精神才得以在经济社会转型中发扬光大。

深圳聚成公司中有的人认为转型就是要建立企业核心价值体系。其实这个体系并不存在，如果说有，就是透明、问责、参与的和谐共同体。对此，企业、社会、家庭责无旁贷。

这个时代不在于你干什么，而在于你干得有没有价值。经济转型可以救火，社会转型则可以救命。

“中国魔水”健力宝因李经纬入狱而谢幕。失去了企业精神又是谁之过？恐怕要从产权不清开始去追根究底。而中山威力洗衣机的落魄与新生在于“创新”的定位。乔布斯神话其实就是一种商业精神或企业精神：永不停息地创新、创新、再创新！

有人认为，真正最具代表性的企业精神有两种：一种是使代表企业核心价值的诚信、清楚的产权关系和企业家风范成为企业精神的关键元素；另一种是乔布斯式的持续创新、合作，打造话语权。

前者讲企业操守，后者讲企业文化，合在一起才是企业精神。

顺德美的集团创始人何享健，从制造电饭煲开始，不知改变了多少代，他没有因别人做钢铁生意赚大钱而转行，也没有因房地产赚钱而弃主业于不顾。当然后来美的也加入了汽车、空调、地产行业，但是其主业仍然是小家电，而且一路走来，把小家电做成了行业龙头老大，成为“家庭厨房美的使者”。

美的集团总部大楼

这是具有岭南特色的广东企业精神的代表之一，也是中国改革开放第一代企业家的写照。

近年信仰的缺失或错位，令不少企业行为放纵，朝三暮四，什么有钱赚干什么，这样的人肯定不是企业家，也没有企业精神！企业精神是国民精神的反映，也是社会主流价值观的组成部分。但作为独立的文化现象，现代企业精神更表现为诚信、价值、服务、效益、创新、合作等。

光有智慧是不行的，人的形象只有用智慧 + 正直 + 友善 + 勇敢才可以塑造。如果连正直、勇敢这些品质都没有的人，智慧可能被用于阴谋，正直变为“直进”，友善演变成索取或对人不对己的棒喝。

【推出片名　话语权】

企业精神展示的永远只有“话语权”。

有一位广东企业老板，在海外有两家上市公司，但舍不得住 2 000 美元一晚的迪拜帆船酒店，他说“心痛”，有这个钱不如去干别的有意义的事。这就是社会价值观。由于社会价值观的缺失或淡漠，抑或公益教育的缺失，有些富一代、富二代乃至富三代奢靡纵情。社会良知正在寻找企业精神的宽度，寻找企业精神的核心价值。企业精神的建设速度正影响着我国企业在世界上的话语权。

当我们还在议论新生物能源、生物燃料如何时，美国已将其用于驱逐舰航行。它给美国国民与世界展示的是“绿色军事”。这也是企业精神在速度与环保上的反映，映衬了中国企业精神疲软的一面。

【视频　生物燃料首次驱动驱逐舰】

广东每年都有几次大型的企业家聚会，企业精英云集：省长、洋顾问跟企业家与官员同台问计，提出问题并寻求解答；广交会许多企业家成为布展者、演讲者、导游与讲解员；广东省市县企业家联谊会，不论其企业的规模多小，经营者们互相交换名片、交流心得；广东每年有数千场企业讲座，经营者既作为嘉宾演讲，也当听众。在这些场合企业经营者都有一个特点，那就是公文包里一定有一个纸质或电子笔记本，将自己感兴趣的信息、体会、观点记录下来。

学习是企业家的风格，会学习是成功企业家的企业精神！

民族精神在立志，国家精神在立世，公民精神在立身，企业精神在于从品牌化走向求智化、特色化、人性化、标准化的文化引领。

【演播室　企业家谈企业精神】

我们企业的发展也是一波三折……

深圳有两家金融类知名企业：一家是有 55 万职员的平安保险，一家是与改革开放一同诞生的招商银行。这两家企业的学习和创新打造了令人尊敬的企业精神。它们有一个共同点：不空谈，创新做事，扎实做工，淡泊虚名，从容发展。

“淡定做人，从容做事”应是企业与企业家精神的内涵。

大企业需要垄断资源和拥有天才经营者，这样的企业毕竟是少数。而对中小微企业的信任，就是对国人的诚信制度安排。诚信经营者最为虔诚。

广东为助中小企业消化库存，已多年举办折扣购物论坛、大会，并演变成了一个个节庆，实现了政府参与民间的制度安排。如果说公共管理是政府主导，经济发展则是民间主导，经济社会转型才可能创造新时代的企业精神。

广州折扣购物节

广东的早茶和夜宵文化可能是广东企业精神的浪漫之处。无论是大款还是小资，广东人不喜欢高谈阔论、张扬身份或炫耀财富，许多合同、信息的交换往往是在喝早茶、吃夜宵时达成的。江门近两年引入的一个百亿大项目也是在饭桌上拍的板，而提供信息的人则名不见经传。从不同场合获取信息、知识、经验、商机已经成为广东企业精神的一种文化。

不空谈的网络化，而且是全覆盖的网络化，在广东企业眼里已成为生命之源。广东企业精神的另一个表现是渠道网络精神。

广东业界在全球有多少信息网点很难说清楚，没有人问“有无先例”，也没有人说“未来怎么走”，只是从容地去做自己认为该做的事。粗略估计聘请的国内外专家顾问和信息人员超过 10 万人，分别来自 140 个国家和地区，他们当中有退休官员、记者、乡贤、名流、编辑等。广东的企业和产品走向全球，就是由企业家、朋友、乡亲、合作伙伴互助共赢铺就的。

敢为人先是广东企业精神的一种内在动力，而从容合作是它的核心价值。

在当代信息社会，不重视人才等于拒绝信息，没有广阔的信息来源，自己只是生活在圈子里，那不是市场经济，而是封闭的圈子经济。封闭者狂妄，狂妄者独裁，独裁者拒绝人才，就是名副其实的功能性文盲。

广东一家民办研究院院长常把“相马、护牛、赶猪、打狗”的理论挂在嘴边送给官员与企业家，并认为是企业家发现人才、保护功臣、敲打懒人、惩罚搞小动作的人的座右铭。

然而，市场的高深、纠错与传播能力需要我们不断审视自己的价值观，方能融入不断变化的社会，成为幸福的践行者。市场分工合作显然也是对企业精神的诠释。

泸州化工厂就是一个有趣的例子。

这家化工厂原是一个军工企业，在民品发展过程中，军工产品生产量不断创新高，其生产的消化棉产品占了全球市场的2/3。因而泸州化工厂在行内有议价权。但外面很少有人知道，这个“2/3”主要是在广州一家合作公司实现的：市场在海外，流通在广州，生产在泸州。产业链、企业链、资本链、市场链完美诉说着同一个主题：市场分工。可是深探内涵，则启发我们思考：企业，究竟能掌控哪一个环节？城市，可为企业提供怎样的帮助？企业、城市、市场究竟扮演怎样的角色？

企业家不一定知道。

市场不一定知道。

但是企业精神知道：只有社会企业才能创造社会企业精神。

广东企业与行业精神还表现在“走出去”与“请进来”。如美的继与俄罗斯、东南亚、埃及合作之后，与开利在巴西合作，计划2015年实现300亿美元销售收入的目标。2011年中国家具领袖年会在广州召开，广东认为中国市场环境已发生变化，由卖方市场向买方市场转换，中国家具业为赢得生存空间要面临品牌变革和创新。

30 年前，企业缺钱；30 年后，许多不再缺钱的企业面临价值观和管理的缺失等问题。我们寻找中国式管理模式是一种期待，也是一份责任。

深圳腾讯创始人马化腾认为，开放不是一种心态，而是一种能力。这是一种自信和责任的表现，也是对企业精神的一种探索和延伸。

企业精神如果不随企业家延伸，这个企业的精神就可能是负延展。而没有特色和地方文化个性的企业，也很难创造企业精神。

继 2008 年金融危机之后，迪拜受到很大冲击。6 000 家中国企业在迪拜金融危机中受到不同程度的影响，其中以建筑为主业的福建企业和以劳务输出为主的四川企业损失较大，而从事原材料与商品贸易的广东、浙江企业则损失最小。

这是另一种企业精神，一种长期积淀、定位准确、应对危机有力的企业精神。

挖掘广东人的危机防范能力，可能要以“流动性”商业追求为切入点。一个乡亲、一个点子、一个时间、一个培训、一个信息往往就是一笔生意、一个流通渠道和一堵防洪墙。广东人做生意，赊欠、超支的情况很少，这从潮州人李嘉诚、番禺人霍英东、五邑人吕志和身上都可以看到。

淡定包容可能是广东企业精神的另一个方面，是对从容改革的深层次解读。在 4.2 万平方千米的珠三角地区，有四大商业文化已在珠三角悄然扎根。

淡定是一种胸怀，也是一种企业境界。

广东从容淡定的企业精神正往纵深发展，成为重塑商业共识、推动社会转型的重要力量。

【再次推出片名　话语权】

【演播室　专家谈广东企业精神】

广东人对企业精神的认同，实际上是对商业精神的追求。潮州商人、珠三角商人、云浮商人、湛江商人都有一个共同点，就是不高谈阔论，勤劳务实……

广货走遍全球，广东成为世界工厂，广东人与世界做生意，与140多个国家和地区、300个民族打交道，几百种文化对接，包容合作、从容应对、淡定逐利。虽然广东在许多领域无大企业，但中等企业正是广东中产阶级群体较滋润的沃土。

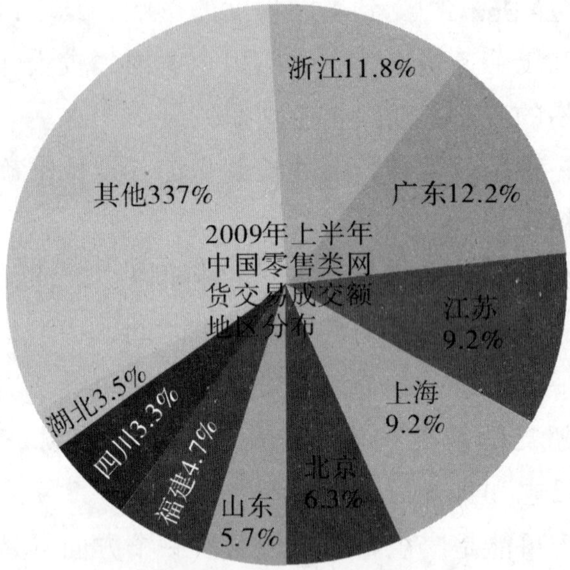

网购模式助广货出击

广东的企业精神独立性与包容性共生，与广东企业的成长相得益彰。也许这正是广东人的另一个优点：小微型企业发展如雨后春笋，似乎要破土而出观赏那春光的明媚。

宽容可能是对广东企业精神的人文解读。在广东企业内成长起来的能人，如果自立门户，老板很少有脸上挂不住的；成长起来的中层或员工离开公司另起炉灶，也很少因拆台而诉诸法律或大打出手的。因此成龙评价广州是“中国最具有现代精神”的城市。

广东已形成了企业技术创新、文化模式创新、产权创新，独资、合伙、股份、联合办公室、虚拟企业形态如泉涌动的局面，这正是广东企业精神在转型升级中的杰出表现。

广东有超过300万家中小型企业和私营个体企业，中小微型企业约占全国的1/7，以科技、设计为主的超过30万家，其中深圳、广州、佛山在20万家以上，150千米长的深广佛线成为全球最重要的创新创意走廊。平均30多人拥有一家企业的广东，企业数约占西方发达国家人均企业数的60%。

广东人均企业数不知不觉在向国际人均企业数靠近，广东企业精神也成了国际企业精神中的一部分。佛山1506创意城，成为创意企业与传统企业相结合的、最具综合元素的现代业态，成为中国企业精神的另类读本。

【再次推出片名　话语权】

几年前，广东就已成为中国第一资本输出省。在内地，四川成为广东企业投资最多的省份。如果说浙江企业家以产权和资本资源投资扩展市场为主，那么广东企业则以产品物流加真金白银投资打擂。知识的输出又是另一贡献，表现为技术加专业技能的精神。如中山大学旅游管理学院向非洲输出规划；广东万国咨询有限公司承接多伦多新城市中心资源配置、沙特阿拉伯的新城市服务业设计；广东作为国内第一专利大省，广州作为世界创意设计之都，东南亚乃至中国香港都在购买其设计、服务，已有相当数量的广东专利企业在近50个国家内申请注册。

在今天，企业家精神和企业精神多被视为诚信与能力。从长虹倪润峰、海尔张瑞敏、联想柳传志到华为任正非，都曾被视为中国企业与企业家精神的代表。而与改革开放同行的健力宝李经纬、白云山贝兆汉、大邱庄禹作敏则成了时代的记忆。深圳金蝶徐少春、腾讯马化腾及其师兄马云等又成了新时代的代表。广东企业精神表现为一代又一代企业人的接力赛。

前赴后继、接力奋发，是广东企业精神的一种时代品位。今天我们不能用有无、对错来衡量一段历史或一项纪录。因为世界在变，我们也必须与时俱进。

今天有太多的信息要交流，有太多的知识要学习，有太多的方式要改变。我们不能等待，我们必须不断地学习。

在广东许多城市，都有企业精英会所。它类似于香港的精英会。香港精英会脱胎于国家行政学院、商学院、EMBA 的同学会，是一个由李泽楷、霍震霆这一代企业青年精英加上吴晓萍、杨澜这类公众人物组成。他们在论坛或沙龙里既是台上发表演讲的使命谈论者，又是在场内外忙前忙后的引导员、接机员、会场布置者、灯光控制人，笑容可掬，衣装翩然，谦卑礼让，你若不认识他们或忘记了他们父辈的形象，很难分辨哪些是富二代。广州、深圳的会所情况稍微复杂些，但共同话题不是商机，而是企业使命、社会诚信等。这与香港精英会异曲同工。

可见，企业精神最本质的是企业的使命精神。如果企业没有自己的使命，企业家就不能成为一个企业家，企业就永远不能走出“暴发户”的桎梏，企业精神也是残缺的。

深圳的观澜湖被认为是中国目前名流聚集度最高的场所，也是全球最大的企业精神论剑地与新闻中心。中国企业家协会、中国商业联合会、中国媒体协会、中国海外联谊会等等，都在这里露过几次脸、打过几次擂。

我们不能说广东企业精神很好，广东企业精神也在成长之中。尽管汶川地震中广东企业捐的钱最多，但最有钱的深圳万科却捐得最少。平安金融集团的马明哲虽然名列前茅，却没有得到公允评价，这说明企业精神发育不良，尚未上升到全社会的高度！

如今，广东企业精神也形成了在观念上“放眼全球”、在困难面前“敢为人先”、在合作中“包容奋发”、在行动中“从容前行”、在发展上“不断创新”的理念与行动。

汶川地震捐款后，王石成了新闻人物，社会指责他捐少了。他越解释大家越不理解，王石有苦难言。最后的折中办法是宣布对某个城镇全力助建，社会摄像头才移开了。中国的财富再分配机制尚未建立，企业捐多捐少都有些左右为难。捐多了怕惹人说闲话，找麻烦，捐少了又有人指责。王石先生就是这种心态。这应了最近柳传志的话：企业越大越成功，委屈越多。

看来企业精神要更上一层楼、建立公信力，目前还需要一个公共管理上水平的大环境。

【演播室　专家谈企业精神】

广东是一块充满企业精神的沃土。广东企业家的朴实、勤奋、不张扬令人欣赏。每次胡润富豪榜揭晓，人们往往都在广东企业家露脸时才知道是谁……

如果说企业精神在广东幸福新政中还有另外一个解释，那就是在科技文化创意领域企业精神是第一只翅膀，流动性是第二只翅膀，还有两只眼睛，一只是证券交易平台，引领非公众企业成为公众企业；另一只眼睛则是风险投资等。2010 年，广东占有全国 1/3 的股权投资机构、交易或股权资金，这使广东的企业拥有较好的资金来源，成为产权交易市场、创新企业、中小微企业、新兴产业成长的温床，也是企业集群、引力影响之所在。

企业精神，本身就是引力，会影响企业的发展。

幸福广东·走进幸福碧桂园

华为公司接待厅的宣传资料上印着“小建议，大奖励；大建议，只鼓励”。这是华为企业文化中的经典与企业精神：做实，按清单、流程、发展、质量去做。

德国 8 000 多万人口，大专生不比本科生收入低，大专生进了好企业，甚至作为优秀生在培训岗位入职后再读在职大学，与我国正好相反。在我国，名牌大学好像意味着成功、聪明。其实，神医治不了顽疾。顽疾靠工匠去攻克，而工匠来自一线工地。

创新无限。只有无限创新，我们才会走正确的路。爱因斯坦超越前人成果提出的引力理论被无数次证明是正确的，这就是我们的榜样。

引力就是幸福的源泉，幸福的企业是引力的创造者。

第七集

灵魂

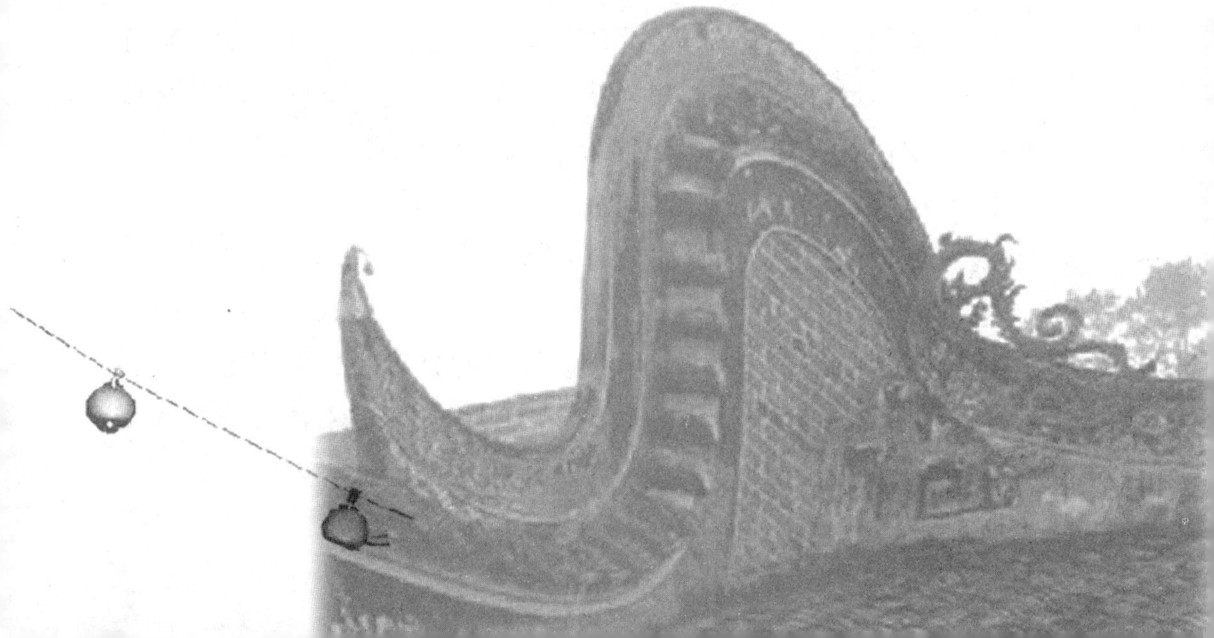

一个人人为师的时代是灵魂的丢失，一个人人为学的时代才是灵魂深处的歌唱。

广东的太子酒店和威斯汀酒店都很有名气，酒店大堂的宣传标识展示的不是酒店本身如何气派，而是创始人灵魂的东西：不断探索的精神。这个老板不到40岁就已成了几十亿富豪，胡润榜上无名，他也不在酒店宣传上署名。他是石油大亨、酒店大王，但他的企业更讲究创业精神的灵魂：向社会奉献生态、文化和惬意。

威斯汀酒店大堂

当今教育最急迫的，就是引导、启发思维方式的建设。教育究竟是培养良好习惯还是针对未来的体面，这种不确定的教育目的正是现代教育制度没能建立起来的原因所在。

苏格拉底说："美德即智慧。"没有包容则谈不上美德，没有美德则城市冰冷，人如木偶，事如泥土。

2002 年，沙哈尔博士在哈佛大学开了一门积极心理学课程。用他的话说就是"幸福课程"。刚开课时只有 8 个人报名，还有 2 名中途退课。后因公开说明这是一门关于获得幸福的秘诀的课程，当年就有380人听讲，次年增加到850人，成为哈佛大学听课人数最多的课程。其中听这门课程的有10人是广东籍人士。今天这门课程已经在网上公开了，成了一门全球性的幸福课程。

是什么让这门课程吸引了这么多听众呢？

那是因为：生活本身的目的就是获得幸福，追求幸福让众生殊途同归。教育作为培养正确习惯、生存发展技能与认知能力的科学，也是传播幸福种子的科学。在现实生活中，每个人的一言一行，都可能传播幸福，每个人都可能成为幸福使者。

古代柏拉图开设“美好生活学院”，亚里士多德开设“繁荣幸福讲堂”，孔子周游列国传播人类理想生活。今天追求幸福、美好、快乐的书何尝不是穿越时空的畅销书？

精英是传播幸福的教育家，职业工作者也是，只有当每一个人、每一件事、每一个社区都成为教育的使者，社会才有了灵魂，有了幸福的大氛围。

广东有一个特别的氛围：官员、企业家、教育工作者在公开场合很少表现得“好为人师”。教育有两大难堪：人人是老师，人人又不是老师，有利于展示体面、权威时是老师，相反时则是学生。教育的缺位首先是人的社会性定位的缺失。

这就涉及我们的“灵魂”是否已经自觉、自主、自愿做起了老师呢？

颐和山庄是广州市白云区的一个房地产小区，有1 000户人家。与之一路之隔的还有两个稍小的楼盘竹韵山庄和春晖闲庭，及数万永泰村民。小区内现已城市化，有了麦当劳与大型超市。这个小区和周边小区组成了“颐和社区”。小区有一个特点，几乎每隔一两晚就播放各种讲座和有关健康、励志、国学的影视，向周边免费开放；节假日还在沙滩上放怀旧电影或时尚影片。在小区湖边有音乐表演、音乐晚餐等，老板、小孩、老人等社会各阶层和各年龄段的人都可有选择地参加，形成了一种社区文化。

这就是发达国家流行的“大媒体”文化，也是“大教育”思想的写照。任何事物、行为，都是社会传播者，都“人人有份”。

“幸福广东·关爱健康”活动在天河公园现场演示急救示范

教育作为国家与民族的灵魂，应当是无处不在的。

如果教育只是少数人的武器，教育也就没了灵魂。教育只有人人都参与，才能成为国之灵魂，人与人之间也就有了爱的长河。

佛山市西樵镇有一位老板，喜欢在文人中择友，也爱听讲座。他说：“人家讲一次要准备很久，你连听一次都没时间吗？敬教是敬自己的未来。”其实，敬人是敬自己，敬业是敬信用，敬知识是敬历史，互敬才会淡定，才能从容做事、不纠结，只有不纠结才坦荡，才有灵魂，才是有文化的现代人，社会才会形成一个教育型的、有灵魂的社会！

傅斯年认为，爱国是一种本能，是对民族文化历史的一种认同，但也可能失之空洞。教育爱人与爱国，实不是一件易事。“愤青”们通常是爱国的，但不一定爱人。爱人是一种风范，一种体己，一种人性。小偷、懦夫、强盗、流氓、杀人犯等，可能没有一个不爱国，却不爱家人、同事、朋友、部属，只爱自己，才去做“幸福的扫帚星”。所以，幸福的理想境界，应当是使教育成为人类灵魂家园的培育者与守护神。

《建设幸福广东 100 问》

广东引入的许多教育指标，老百姓不一定记得。虽然国际组织的教育指标与指数，已成为全人类的标准，它们包括全球教育统计摘要、全民教育检测报告、世界发展指标、教育概览、世界教育指标、全民教育发展指数、教育指数等等，都是解读教育的动态指标，但它们却未必解码了教育的全部真谛。原因在于无法在人类行为中“不理性的人性”与“理性人”之间找到一个好的表达。

《深圳特区报》有位记者认为，只有“人性立人，理性立业”，才不会去管闲事，从自己做起。的确，为什么我们要那么关注别人的议论而不行动呢？为什么我们的人性不用理性去激发个性健康成长，而要强迫个性服从理性呢？理性的靠不住与个性的不可靠难道在行动中无解吗？

通常认为，义务教育是20岁以前的事，是青少年成长的“灵魂工程”。30～80岁是“三技”加“三应”：技能、技术、技艺加应景、应付、应该。越往后，社会教育越重要，乃至成为主导。

这就要求学校、家庭、单位、社区、行业、社会应当成为“三技”加“三应”的“温床”。国家制定理性的国民幸福教育体系，是为了服从、服务非理性的人群，但若不从人性出发去构建理性，理性教育就只是“教化”，社会的灵魂就不会有快乐幸福的家园，因此切不可颠倒了人性基础、理性基业的顺序。

广州政府微博开通，两万“粉丝”上网追捧，《南方都市报》等报刊对广州政府微博回应的批评，正是鼓励政府支持高绩效的民众诉求和参与，是把政府当成“自家政府”。在这里，教育成了一种信息互动。

广州政府微博开通（来源：腾讯·大粤网）

教育走向社会是引导、教导，而不是教养、教化，否则一切都会适得其反。

因此，转型中，政府、企业、学校、城乡、区域、行业等都面临思想解放、行为转变的要求，否则其权威性、合法性，甚至从立世到生存都将受到挑战。

【推出片名　灵魂】

佛山市有家企业很小，从老板到员工就 30 多人，专门生产日用品，在车间里分不出谁是工人谁是老板，但也没人称兄道弟。可这家企业却给每个员工报销 80% 的学费。

许多时候，我们颠倒了教育的本末，忘记了最重要的不是人人扮演教育家，而是要人人争当学生，否则这个社会会因权力、资本、年龄、资历、身份而扭曲，转型难上加难，何言幸福建设？知识、教育、权威、公民、专家、正义等都因此而失去敬畏与尊严。没有全方位的敬畏尊严又何言幸福社会？

幸福的教育实际上是培育社会尊严，敬畏、热爱自己与他人的“灵魂工程”。哪怕是一个企业、一种产品也可以赋予它价值，以理性激活个性需求。

中国大陆总部设在广州的安利公司，其产品融于教育就是“灵魂工程”的另一个范例。

安利公司是可以开放参观车间设备、工艺流程的，将信息透明做到了极致。工厂排污净化后的水池养着金鱼，环保做到了极致，每年数万人前去观光。从旅游角度看，安利是一家工业旅游企业。据估计，广州安利公司每年在广州境内培训的健康营销人员约达100万，在全国培训的人员每年超过200万，全球接近700万，这还是一个保守的估计，不包括直接培训人员的再传播培训。以教育为先导销售产品，是安利最成功的文化创造。比尔·盖茨惊叹：“企业以产品进行教育传播，做到了极致，世界上的企业没有比安利的模式更具魅力和社会价值的了。”安利把将健康进行到底的教育生产与销售做到了极致。“三个极致”显然是悟到了教育与人性的本质，触摸到了教育的价值观：传播诚信、快乐、健康。

安利的例子告诉我们，一个成功的企业，是一家值得信赖、信息透明的“裸企”。

安利也告诉我们，一个有诚信产品的企业，也是一所学校。

安利还告诉我们，一个成功的企业，通过旅游传播幸福，也通过理性产品激发和满足人们的个性需求，实现服务的根本转型。

今天，我们对教育的意义理解了多少呢？许多人喜欢或排斥安利不正是这种心境的写照吗？教育是一种包容，一种宣扬手段和对人的爱护，也是对人性的重塑。

个人作用与社会理性长期纠缠不清，导致理论创新乏力等问题的出现。如果把两者当作一个过程的多个阶段进行流程设计，就不会纠结在“要与不要”、“先要或后要”、“怎么要”这些问题上，这种缺乏智慧的态度与行为是社会转型的癌症。

茅以升能在卡耐基·梅隆大学立铜像，就是对教育本质的诠释。

矗立在卡耐基·梅隆大学校园的茅以升铜像

2006 年，茅以升铜像矗立在卡耐基·梅隆大学校园，而创始人卡耐基都没有被校方立像。据时任校长杰瑞德·柯亨解释，他之所以力排众议，是因为茅以升不仅是该校第一个博士，还是世界上杰出的桥梁专家、教育家、学者、科普专家。树立茅以升的像，杰瑞德·柯亨认为体现了这所出了十名诺贝尔奖获得者的大学的一种精神：“学校固然因其历史而自豪，但更为它的学生而骄傲。英雄应不问出处、不分种族，一所好大学应该是兼容并蓄、放眼全球、拥抱世界的大学。”

教育是产业还是事业？安利不把教育当产业，将生意做到了极致；安利也不把产业当教育，它只传递健康，这不是发人深省的吗？

按照教育的本质，教育的全部或中心都是以学生为圆心的，无论采取什么政策，这个圆心变了，教育就变得支离破碎。

【演播室　教育家谈教育】

教育是为了训练人的思维，培养一种习惯，技能的学习还在其次……

对于中国的教育改革我们难以评说，但在教育面前，我们应当有两个平等：一是人人都有做教育家的机会，好的父母也是好的教育家，一个好的企业家也是一个好的教育家；二是做学生的机会，人的辉煌一生也是学习的一生，周有光老先生 106 岁还在读书、写文章发表。

让教育真正成为社会灵魂，就是要让自己永远以学生姿态出现，做教师只是瞬间的事。具有这种风气的社会才是有灵魂的民主社会。

教育改革的方法是实行法制主导、道德伴行规则，让政治提供保障，不要让那些打着“大师”的行教之名而谋财之实者有任何市场，这样才能正风气。

中国有知青文学、工人文学、官文学，但代表中国多数人的农民没有文学。中国农民、农民工、农村为什么就诞生不了一部史著、史诗、史影？

据调查，境外在广东各市兴办的各类教育机构超过 1 000 家，它们来自纽约、伦敦、巴黎、悉尼、新加坡、法兰克福、布里斯班、多伦多等几十个国家和地区，也来自北京、上海、天津、成都、贵阳、重庆、哈尔滨、香港等中国各地。主持者有个人、企业、教育机构。如香港生产力促进局仅在东莞的培训收入每年就过亿。深圳聚成公司是广西人办的，2008 年培训收入达到了 3 亿元，其官方的岭南大讲坛等也成了品牌。广东收入过亿的教育培训集团超过 10 家，过千万的超过 100 家，教育范围从幼儿、少年、青年到老人，从老板到家庭主妇，讲课的也是从国际名师到家庭主妇都有。内容包括妇女、英语、企业经营、专业技术、心理学等。形式有论坛、月训、周训、日训及沙龙，每年上千万人受到各种各样的教育学习，使全世界各种新方法、技能与信息及时得到传播交流。

这就是希望，教育的希望，把社会办成一所大学校，我们才有共同的灵魂，社会的灵魂，国家、企业、单位、个人才有希望，社会转型才有了坚实基础。

【再次推出片名　灵魂】

有人评价，广东的产业是在培训中进行的。一个企业尚未开办，或企业进入转型期，就已“培训先行”，这是经营者的基本套路。广东玉兰墙纸厂是一家街办乡镇企业，早在 1994 年还很弱小时，就高价请人咨询并委托专业咨询培训机构做员工培训。如今该企业已经成为全国最大的墙纸公司，你能说教育的作用不是至关重要的吗？

一个人、一个企业、一个地方，只有把教育融入时间、产品、行为中，才会对人敬重，对知识敬畏，对未来悲悯，才是对自己和社会负责，社会转型才成为可能。

在广东许多地方、许多场合，讲关系少，讲观点多。不同观点、不同行业的人可以同台竞技、同桌吃饭、同享思想盛宴，于己、于人、于社会又有什么不好呢？在广东没见观点不同的人争吵，相反倒创造了一种互相包容、互相学习提高的氛围。

幸福广东文化艺术直通车越秀公园文化站

牛文元是中科院《中国可持续发展报告》的主编。无论是何人，只要认为对地方、企业或所属机构有益，都会请他去做演讲。牛文元说如果自己有时间，每年会有多场演讲等着自己。郎咸平在广东的演讲已渗透到企业、乡镇街道，这与一些地方因个人好恶拒绝人才形成鲜明对比。而不愿花钱花时间学习新知、见新师，更是掩耳盗铃之行为。

教育的纯粹性可以无敌。拒绝学习进步毕竟不是体面的事，那是跟自己过不去，也是跟他人过不去。

王德娟是广东一家美容院的小老板，业余兼做安利。她说每年上美容健康课的时间不会少于 4 个月，她也外出给人讲课，每年不会少于 1 个月。做事业、做学生又做教师的事例，大企业有、中型企业有、小企业也有。他们去学习新知识，又把新知识用于实践，再将实践所得传授于人，社会不就是在学习、互助交流切磋、再学习、再提高水平的过程中不断进步的吗？

好的教育，或者说教育的灵魂价值在于教育是无处不在、无所不能的神灵。它在看着我们，帮助我们，激励我们，它是我们寂寞时的伴侣、幸福的源泉、成功的阶梯、进步的动力、生命的激情！

在全国大学中仅排第10位左右的中山大学，何以培训了10万MBA成为同行冠军？因为广东的老板、打工仔愿意学习。他们在一起讲得最多的是在什么课上自己学了什么东西，又成了前几名优秀学员等等。

广东人的学习精神还真刻到灵魂里去了。

两个公司老板曾在一个饭局上说自己是班上最优秀的MBA学员。当问及一个年轻人发现比他们两位还早几届时，两人立即不争第一了，拱拱手称这位小兄弟为“师兄”，并说“不好意思，多有得罪”，意思是说，咱们班门弄斧了，见笑了。

中国的传统文化不提倡把家产留给子孙，却又特别看重把家产留给子孙的“矛盾教育”，其间纠结在于个人继承的世俗约定，而国家并不保护这种继承。教育的理性与非理性在这里没有找到交汇点，也说明“落脚不力”——“激情做人，理性做事”没能完美统一。

广州有一位房地产老板，频频捐百万千万给学校大楼冠名。他说：我们同学校合作，帮助学校学科建设，也帮助自己把经验和教训带到讲台上，这对学生有好处。他把财富再分配给社会，也是理性做事的解读。

相反，那些为富不教、为企不尊的，无论企业多大、老板多牛，都只不过是一个过客。卡耐基说：“一个人在金钱巨富中死去，那是一种羞耻。”美国计算机协会教授兰迪·波许说：“年长之后，我发现帮助他们实现梦想是唯一比实现自己的梦想更有意义的事情。”2008年，匹茨堡市为纪念他的精神遗产，规定每年11月19日为“兰迪·波许日”，也称“助人圆梦日”。

胡泊是一个策划人，从事了多年的校企合作研究与实践，自认为是校企合作理论的创立者。他说企业家捐资助学或走上讲台讲课，不是为了好玩，而是企业与企业家的一个转型：企业回报社会成为一种责任和惯例，是教育灵魂作用的一种现身。一个好企业家就是一个好慈善家，一个好企业家也是一个好教育家。中外历史证明，只有做好合格的学生，才能做好教师，否则卖弄的只有浮华，传播的只有大话。

把别人当教师，自己当学生，你就会成为教师，否则你永远只能做学生。

【再次推出片名　灵魂】

【演播室　大众谈社会教育】

我们公司是大陆第一家以公众调查为主的专业公司……

中国南方人才市场从“卖人”演变成以“论坛”、“讲座”打头阵的教育平台，每年有数百万人参与。广州留交会则是打造跨界的国际人才＋技术＋创业＋政府态度的一个平台，把教育、知识、学习、经济、社会融为一体。政府以 3 亿元的投入，收获每年高达 500 亿元的回报。每年吸引成千上万留学生来广州举办论坛、交流科技成果、登记办实业，成为国际人才交流、信息技术与思想传播的平台，更成为教育与机会的平台。

显然，教育的真谛不在于我们想干什么，而在于我们为什么服务、能否帮助别人得到什么。你的服务目标实现之日也就是你的理想实现之时。

处处想索取的人，不是在办教育、助教育、学习教育，而是把教育当成一门生意，偏离了主航道，迟早会触礁。人不能不现实，不现实就不能实现，但太现实又会现世。

深圳创办的国际性人力资源交易交流平台，在短时间里火起来；暨南大学能吸引上万名留学生，把50多个国家和地区的学子请来广州；深圳能吸引10万创新设计人才，不正是因为教育的灵魂在广东大地幸福地遍地开花吗？

灵魂无处不在，就怕你走进没有灵魂的失乐园。

第八集

公民人

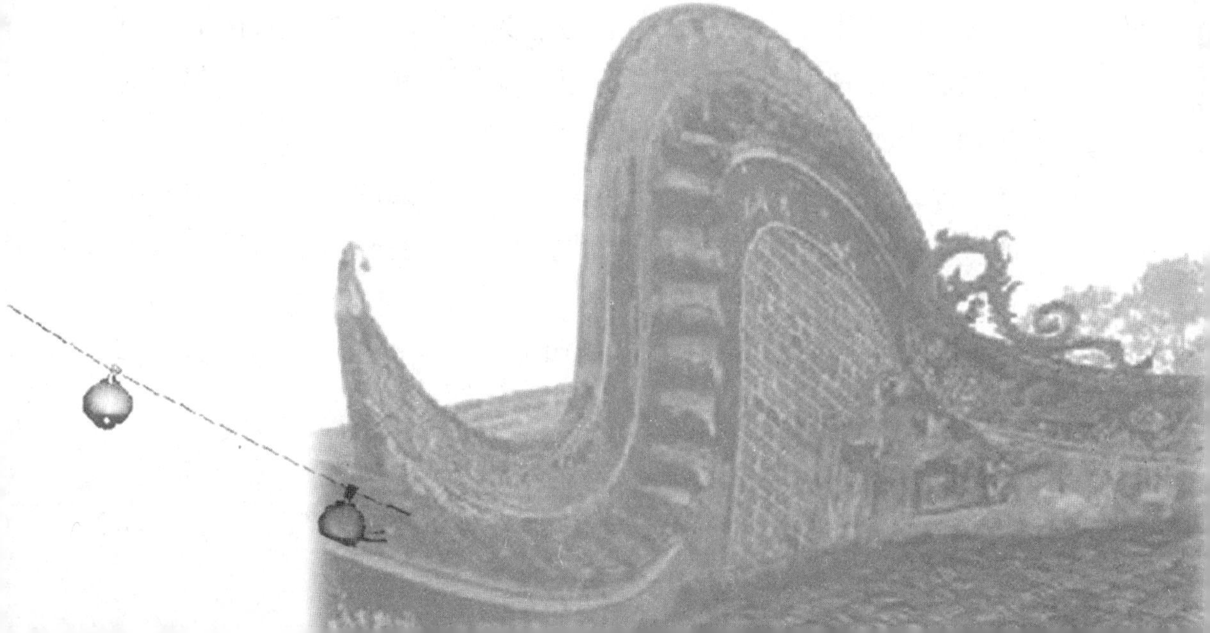

我们常在深圳、珠海或佛山小镇上看到这样的场面："你厉害，惹不起，我走。"说的人边走边退。这时我们会笑：这肯定是广东人，他们真会处事，吃点亏，受点委屈，又没失大面子。不逞强好胜，是人成熟的标志。

其实，当你的吃亏与委屈能创造而不是破坏一个和谐的局面时，你就成了胜利者，既然委屈吃亏成了一种幸福，又何乐不为呢？

幸福不一定都是获得，更多的是一种给予。人来到世上走一遭，不是抢劫财富者，而是天使，是福音，是精灵公民！否则你就在人性与兽性之间徘徊。

幸福更是一种责任的付出，只知一味地索取是掠夺别人的幸福以满足个人欲望。张爱玲懂得这一点，所以她成为海外华人第一才女；严歌苓也懂得这一点，所以她既成了好莱坞唯一的华人编剧，又做了一个美国外交官的贤妻。还有台湾著名电视主持人与畅销书作家曹启泰，以无悔的付出得到了明星夏玲玲的青睐。

幸福就是以平常心、智慧善待他人、自己与环境。

有人认为，今天我们再谈公民或公民人，显然有些不合时宜。

其实，抛开民生、民主与法制，有一个基本的问题：芸芸众生究竟该干什么，有什么权利与义务？我们显然从未搞清楚过"本我"，更别说"幸福"了。把"委屈"和"怕吃亏"都视为"耻辱"的群体，又懂多少"幸福"呢？

翻开广东省有关文件，省级的、地市县的，还有报刊网络的、正式与非正式的、公开与非公开的，对公民的称谓有百姓、人民、老百姓、民众、公众、大众、群众、国民、劳动人民、人民群众、公民大众等等。在让人眼花缭乱的同时，不禁感叹中华文字的丰富表达以及无穷的创造力和想象力。

我们不是想说明用什么称谓才最能体现中华人民共和国公民的主人翁地位。但在社会已抛下人本之锚的今日，对“公民”或“公民人”的通称还是很重要的，它体现了在经济社会转型中政府对人文精神的重视，社会对人文精神的合力程度。

就在广东提出幸福新政不久，珠三角一个发达城市的卫生局主要干部，高调公开说：“有些无损健康的污染蔬菜，民工们吃了也正常，如果不吃大排档，可以去大饭店酒楼，就能减少食物污染的机会。没办法，现阶段老百姓们只能这样。”

这位干部的言论一经报刊、网络披露，立即遭到省厅官员与舆论的谴责。这位官员诚然该受批评教育，但他讲的也是实情。这在很大程度上暴露了我们整个社会人文精神的缺失。

在一定场合，没有商量讨论，一个副处级干部对百姓的讲话就是指示。无论你是学者还是企业家，在场都只是“百姓”，有人问连公民的称谓都不能统一，你说我们社会转型的广泛而圣洁的土壤在哪呢？

有位中山市的中年妇女说，她最快乐的事是相信世间好人多，“所以每天很开心，把人往好处想，不怕吃亏，实际上赚了”。这种心安理得实则是幸福的举措。“把人往好处想，天天开心”确实是金玉良言。

站在台上的人说：“公民要爱自己、爱国、爱家。”朋友说：“醒来还活着就要感谢上苍、父母、同事和时代。”老师说：“要正直、爱社会，这才是现代的公民人，现代的公民，现代有信仰有尊严的人！”父母说：“好好读书，将来才有出息。”又说：“不要相信人，现在坏人太多了。”

“感性构建公民个性社会，理性构建公民民主社会”显然触摸到了公民社会的一点真谛。

【推出片名 公民人】

岭南文化之广东醒狮

岭南文化是中国七大地方文化之一，在珠三角浸泡了千年，岭南地区自冼夫人起受命于中央，到民国孙中山先生为免起战乱让总统位，再到中央改革开放授权特区“先行先试”。虽说广东人也有鲁迅、梁启超等指出的好面子、公私不分、勤俭等“国民性”，但岭南文化在与英语文化、拉丁文化等的相互影响中，立于纷争之外，使广东形成从容改革、不断创新的风气，少了嫉妒、幸灾乐祸、指责埋怨、明争暗斗，因而在团体生活中少了较劲，在公共事业中少了致命伤。

中国不会复制从摇篮到坟墓的福利制度，也不一定适合在会议室大打出手的公民选举，一群公民人也是一种生存状态，因而对公民人格的定位与敬重并不过分。

广东报刊也出现过“钉子户”贬斥公民人格的现象，更有学者将揭阳、增城农民或农民工事件说成“谣言扩散”的结果，这本身就是对公民行为的误解。

这种文化氛围在今天影响着公民人格的发育。

如何使公民人性健康发展，使公民人的独立性、尊严、公平待遇受到保障而成为基础与价值核心？

年画——三英战吕布

理想的精英主义群体是一道道德高尚的风景线，逾越了，社会往往会走向主流与非主流之争、明星与草根之争、官与民之争。主流的逼人气势，更加剧了公民与执政者之间的疏离，折射出群体事件中的不妥协态度。

“定力”是今天的改革执政者的前行试金石，在“人人想诉求”的今天，定力才是真正的动力！

2005 年 12 月 5 日，《检察日报》发表了一篇关于“公民概念”的文章，大意是：我国对公民概念的认知十分片面，宪法规定有中国国籍的人都是中国公民。这是中国公民的必要条件，但不是充分条件。公民的本质是有公民权的人。公民是私人个体权与公权的合称，前者讲自然人和国籍资格，后者讲公利权，二者都应受到党政官员与法律的尊重和保护。如果只把公民当作义务、道德教育的主体，训练成“非礼勿言，非礼勿动”的“谦谦君子”，那就不是公民而是群众、百姓。“国民性”在今天更表现为公民人的“公民性”。

对“国民性”之争，今人尚未达到戊戌变法至中华人民共和国成立期间康有为和鲁迅等大家的水平，但在今天的论坛、会议、家庭、夫妻间表现得更为丰富、细致，有人好批评他人，坚持自己主张，少了认同与合作，致使嫉妒之心滋长，乐见他人失败，消极行为消耗了双方精力而使理想之光烟消云散。“谁也干不成！”是现代公民社会要检讨的“国民性”之一，只有谁都有了合作意识，公民性才可能成为人民性。

广东与全国许多地方一样，会发生一些诸如警察指责记者“没权利采访”，城管强制干预摆摊，将货物乱扔的事。这不仅揭示了幸福广东建设的任重道远，更反映了幸福新政的急迫性：改革、规范、普及常识，从眼下、从自己做起才可能聚沙成塔、集腋成裘。

社会管理创新是当下公民人应乐享的主题，这种创新要像国外老师对待学生写的论文那样，在第一次评判中就以“相似度”追踪控制，再以数字化比例之“精细化”决定枪毙与否。

在广东，许多恶行之所以很快消弭，与广东媒体的穷追猛打，领导层的不护短，当事人很快明白自己行为造成的危害，或道歉，或赔偿而改过自新的氛围分不开。

广东推行幸福新政，正是看到与科学发展公民社会建设之间的差距。有些人连公民社会也持异议，显然把中华人民共和国宪法对公民的定义之常识也抛到了千里之外。这些人怕什么呢？怕自己失去既得利益，怕自己可怜的尊严受到挑战，说到底就是只想独享高高在上的地位而不愿参与创建公民社会。

一些人为设置的“公民”研究禁区，造成了我们对公民性认识的严重滞后，进而影响了政府公共管理政策的设计，也使学术界在理论研究上停留在“开药方”阶段。比如“农民、农业、农村”这“三农”问题，只有农业是经济问题，农民与农村都是政治问题，解决政治问题一是用政治治理方法，二是寻找公共社会方法。

2011 年，广州泛珠城市发展研究院就向刘昆副省长建议，广东三农问题从政策层面创新为“种地农民”的现行制度安排比较到位；对“失地农民”（城郊或项目征用失去土地的农民），我们缺乏比较统一的政策和法律规范；对“离地农民”（进城务工一族，已占全国人口的 1/6，其中广东占近 1/3），我们没有单独的法律条文加以保护，使得“离地农民”成为霓虹灯下一群潜伏的人，灯火通明工厂里的机器人。“新三农”应当是一种理论创新，一种政策导向。只有理论无禁区，办法才会源源不断涌现、“智慧社会”才有机会建成。

再次提到广州新塘农民工事件。此次事件在两小时内聚集了 3 万人。有的人认为太“复杂、可怕”，其实该事件中，城管行为只是一根导火线。这类事件迟早还会发生，珠三角有，长三角、环渤海也可能会有。如果把这群离地农民当成公民，有组织、有爱心地把他们当成活生生的“公开”的人，这类事件有可能不会发生。

新塘事件

虽然后来没发生大事件，发生后处理得也不错，但问题并未解决。因为理性制度安排及非理性制度安排必须共同推进，才能确保“不再发生”。今后广东将把制度安排作为工作重心。

广东有几千万农民工，占全省总人口的1/3，但实际上农民工在城里成了一个灰色的人，一群游离在公民、人民、百姓、公众、民众、人之间的模糊不清、身份不明、工作流动、混杂的、生活在底层的、高危的人群，我们什么时候以“公民”的眼光正视过他们呢？与之相比，香港特区政府只要有上万居民在某国打工、经商，就要专设领事级机构。因为他们要保护、帮助它的公民。

社会转型要求切勿把公民当臣民、百姓、公众、群众、大众，因为那不是与时俱进，不是科学发展。

【演播室　记者谈公民】

《检察日报》记者：就作为政治人而言，公民主要是宪法确认的政治主体，而不是教育对象。从法律角度讲，公民有实然的义务（比如纳税义务），也有应然的义务（如劳动义务）。公民责任与社会义务含义很广……

在经济社会转型过程中，我们应当用理性的思维看待非理性的事，切勿非理性——以任性对待理性。

认识理解公民人，推进幸福新政，不仅官员要懂，专家也要懂。不仅要懂民生、民意、民言、民情、民主，更要深刻理解公民在社会中的阶层、活动空间、社会诉求以及参与程度。“公民”才是“社会稳压器”。

解读公民尊严的方案应当很多。比如“注册制”而非审批制，是公民地位确立的基础，也是公民尊严的政治表征。

《南方都市报》对北京大学副校长海闻和一管理员之间被炒

得沸沸扬扬的事情有深度报道。事情其实很简单：管理员来到教室门口，大声催促道“锁门了，时间已过”。海闻对其说：“教学重要还是锁门重要?”随后海闻情绪有些激动，说话有些失态：“告诉你，我可以让你明天就走人!”

其实北京大学这种现象北京有、广东有，乃至全国都有。网上争论中一派认为北京大学这位管理员不过是职责所在，海闻副校长有点以势压人；另一派则认为，学校行政后勤大于老师学生的现象早就该有人出面管管了。问题的症结在于：双方都缺“公民”意识，都把自己当做“超公民”，职务成了“超公民”的护身符，公民成了“附属”物，颠倒了主次，这也是社会转型中必须触及的问题。

当中国实行改革开放和市场经济时，原有的价值体系被打破，相应的道德体系和社会哲学基础并未同步创建，随着 GDP 的一路狂奔和社会财富的迅速积聚，各个阶层都不断丧失内心的笃定和从容，似乎每个人都找不到自己的位置，缺少了和谐与彼此的包容。

历史的前进总是百转千回。当中国超越日本成为全球第二大经济体时，当国内贫富差距拉大，社会矛盾时有发生时，当人们的幸福感不再随着 GDP 的增长而同步增加时，告别 GDP 崇拜，转变经济和社会发展方式终将成为共识。而公民人格的塑造就应当提到与自由、民主、法制同等重要的地位！

【人啊人，乐曲起】

有位在东莞打工 20 年的人说，我们今天都不知道自己是啥人，上班时是工人，下班了是蜗居出租屋的孤独者，回家又是“三不像”的农民，我们真的很悲哀，有时甚至很绝望：没钱买房，自然留不下来，就算到家乡二三线城市，钱也不够。

这样，公民人就有了三个横亘在我们面前的问题。

第一，政府应当怎样对待自己的公民？

第二，公民在什么样的生存状态下才可以有尊严地生活，才比较幸福？

第三，公民不应成为群众，公平是衡量公民人幸福的“人格指数”。

【再次推出片名　公民人】

幸福指标有人格指数吗？

珠海是农民工较少的城市，但珠海的农民工也认为自己没有归属感，到中山去创业的人会更多些，认为中山适合农民工创业。这不是珠海“欺人”，而是城市发展的选择不同。

在一个没有敬畏、公信、知识、尊严、平和、事业、英雄的社会，是社会转型的艰难所在。相反，只强调尊重权威、知识、英雄、公民，社会也可能走向另一个极端。只有人人以“公民人”自居、自律、自行，社会才是幸福的。

若公民人没能作为一种文化、人格、时代标记、社会惯性而扎根，那么这个社会将是不幸的。

2011 年中秋节，中央电视台与侨乡江门在市中心广场进行现场文艺演出。万人广场加上外围的草地也只能容纳 10 万人，而要到现场观看的江门市民却达到 30 万人。江门采取了一种开放式维持秩序的办法，没有强行设置边界，使一些没有入场票的人得以通过不同方式直接观赏晚会。

这就是广东式的公平。江门的公民人虽然有些苦涩，但至少走出了包容的第一步。当然，如果主办方多搞几个分会场，就更公平了。

江门中秋晚会现场

【演播室　学者谈公民社会】

某专家是江西人，初来广州念书时，广州还像一座县城，很不习惯，但住了一段时间后，突然发现还真喜欢这个城市了……

广州人爱白云山，是因为80多年前历届政府就开始保护白云山，这座“城中山”至今仍郁郁葱葱。

从一国讲，若富足且有尊严，公民自有大国心态；从一个单位讲，若能力得到发挥，员工必对公司怀有归属感。一个城市或社会，若关爱互助，就必会是一个公民平等的友爱社会，公民就必会爱国、爱城、爱家、爱他人、爱自己。

广东有不少对贫困人口直补的政策，希望通过政策能全面解决、根治贫困问题。但广东山区如何摆脱贫困，则是一个较大的课题。山区公民的人格发展时间应该也是较长的。要公民真正成为公民人，给予他们融入社会的机会才是最重要的。广东已经对贫困线以下的居民给予了物质上的帮助，并建立了一套帮扶制度，可全国还有12多万个贫困村的公民又该怎么办，问题仍然不少。

公民社会是一个爱的社会，一个不断营造爱人爱家氛围的社会。

幸福广东——广东省慈善总会爱心助学五周年晚会现场

广东的民间公益慈善事业走在全国前列，目前社会组织和志愿者人数也日益增多，正以势不可当之势蓬勃发展，全民公益理念正深入传播，并以实实在在的行动在社区、行业、社会上广泛展开。

据调查，像深圳、广州、东莞这些城市，人们对行乞者从不吝啬，各大酒店、大中型企业均设有募捐箱。政府垄断公益时代已成历史，全省正走向一个全民公益时代，努力实现真正的全民参与，强调慈善不是富人的施舍，而是一种支援，普通人在做公益的过程中成为真正的社会公民，以公益和公信力推动社会转型，推动公民社会建设。

其实，在众多问题里，公民人的融入才是第一位的。给予他们平等、尊重，就是公民社会建设的动力之源。

践踏容易，践行难。今天公民社会建设的关键不是要不要、想不想建设幸福公民社会，而是我们自己往往成为阻碍公民社会幸福建设的横刀立马者。

在广东也一样，比如有职有位的人，你不能随便称呼，否则将被视为“不恭”。而无职无权者哪怕你在社会上再牛，人家仍可以直呼你的名字。

要说解放思想，如果能从称谓、吃饭排座的讲究中先解放出来，社会的幸福将在人格上进一大步。接下来，许多事都没有那么多层面纱遮盖了，幸福之路可能会更加宽广。

当然，在广东你可以在研讨会上打断市长的发言，也可以插厅长的话，或可叫某长某书记老张老李，但多数情况下，人们还是习惯叫某长某教授。

在广东，在中国，什么时候可以随意称呼了，我们公民人也就真成了社会公民了。

政府为此面临这样的选择：是进一步恪守既得权力而放弃解

决身边的“小事”，还是在幸福框架下做好实施的解决方案呢？显然，社会转型需要好好补一课：官员教育从“谢谢”做起，老板教育从财富的价值分配做起，公民教育从立志孝敬做起，社会转型才有“尊重”的氛围，才能顺利转型，而不是在观点、问题上争论不休。

月圆星暗，人正气场大。

广东人虽然不能说都融入“公民人”社会，但多数广东人的“不计较”仍值得称赞。我们的民主、法制社会的形成，肯定是在“不计较”中渐渐积累形成的。我们的转型也应当是人人去积累。只有积累，才能厚积薄发。社会转型的核心是公民人地位的确立。

我们不能再矜持了，也不能再“事不关己，高高挂起”了，更不能因此成为阻力了。

公民人社会是一个人性激越的社会，也是理性办事、理性发展的社会，但不是纠缠纠结或只是为了满足自己虚无缥缈的空想而不去解决问题、牺牲他人幸福来满足自己的虚荣心的社会。

有人说：社会转型不能像拍电影，张艺谋解构的是爱情，纠结的是女人；陈凯歌解构的是道德，纠结的是权力；姜文解构的是革命，纠结的是成功。他们不在乎老百姓想看啥，只想让老百姓看自己的心病。但“票房”一如公民信任度，统一体现在了“人气指数”上。这就是艺术家的高明之处。公民社会要的就是“人气指数”。

放下身份吧，不然我们会为可怜的自尊蒙羞；放下架子吧，不然我们会贻误了社会转型；敞开胸怀吧，太阳每天都是新的，幸福的明天我们共建，明天的幸福才能共享！

不要把公民当成民工，民工永远不等于公民！

第九集

民　生

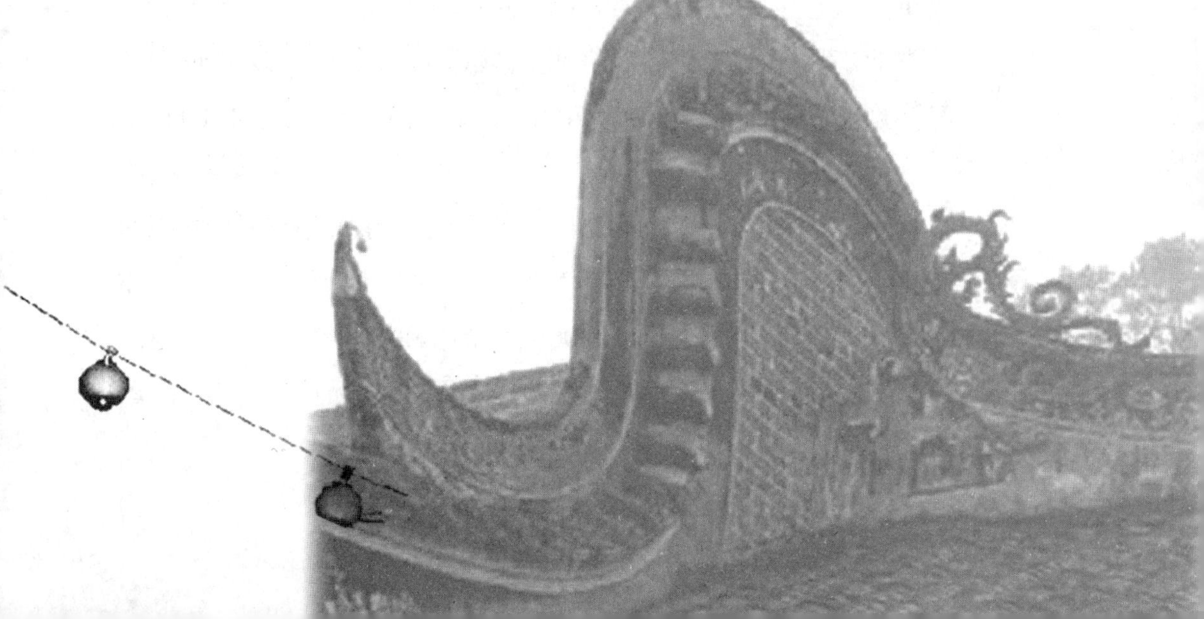

生命的长度与宽度成正比，美味佳肴与健康成反比。

放飞爱心欢声笑语，幸福生活就在你身边。

《大逃港》一书中有这样一个情节：一港商在深圳酒店的开业仪式上，书面发言不到一半突然放声大哭。真相是他与哥哥当年从深圳逃港，哥哥为掩护他被边防军射杀身亡。他在开业仪式上想及此事悲从中来。为了生计、生活，多少人奔走四方。

逃港死难者的坟

改革开放让农民、让一部分有能力的人先富起来，让城镇、工业、农业、服务业乃至各行各业发展起来，全社会以“快速致富与经济增长的生产”开始了第一次以经济建设为中心的社会转型。

虽然 1997 年亚洲金融风暴已发出警示，我们应该进入以公平、公正、公开、包容性可持续发展的，以民生消费型为中心的第二次社会转型，实际上到了 2008 年金融海啸我们才回过神来。

广东人的敏锐，最彻底的是拿全世界的新玩意当高档品卖。

广东人的务实则表现在“好吃”上，民间八卦云：北京人听说飞碟光临上空，问“有什么政治目的”；飞临上海，上海人问“可否卖钱”；到了广州，广州人问“能否吃”。绅士自行车骑行聚会被拿来“创新”为各种自行车、脚踏车赛会；把莫斯科国际室内音乐节以蔬菜作为乐器的项目模仿为民生性“基地菜园”卖场；把知名设计师的布娃娃展改变为“鬼节”：卖布娃娃类与鬼节有关的产品，获取民生。

在“发展经济即民生”的宏伟声浪中，各级政府的行政纠偏命令也被炸山填海的隆隆声所淹没。好在市场具有纠偏的能力，转型渐成共识，以出口、投资、GDP 为中心的模式终结，消费、城镇、低碳、公共管理、民生主导成为新时期社会转型的核心。

广东省用半年时间进行调研思考，提出了探索与改善民生的具体内容：民生文化、社团组织、公租房、宜居社区、新型医保与低保标准、困难人群生活补贴、外来务工人员融入、严打食品安全违法行为、民意决策等十余项。

众所周知，“民生”在今天已经演变成“民生主义史观”。破解利益关系格局，发展主义政府转向公共服务型政府，公共产品短缺时代的到来，都指向民生从生存型转入发展公平型，进而追求人生幸福的过程。今天民生不仅是生计，更是“幸福”的代名词。

“民生”一词，根据现有文献查阅到的信息，最早出现于《左传·宣公十二年》：“民生在勤，勤则不匮。”强调人民辛勤劳作与生活幸福间的内在关系。《辞海》将“民生”解释为“人民的生计”。如果引经据典排至今日，“民生”的释义难以穷尽。

穷人骂官，认为社会不公是官员作祟；

富人骂安，认为社会安全构成威胁；

你骂我骂，社会成了一个大气包，谁也不好负责任。

其实，社会是大家的共同家园，每一个人都有建设的责任。

只要我们前往广东各地，面对各种人群，都会听到以下声音：

弱势群体说：我的幸福需要人帮助。

中产阶级说：我的幸福我做主。

富有人群说：我的幸福只有我知道。

政府则表示：探索改善民生新路已成为当务之急。

广东的经历还证明：从南越国到中华民国，民生的事情要一件件去落实，意识形态的争议则不宜马上下结论，因为思想大解放要孕育几百年，中解放要孕育百年，小解放也要博弈二三十年或者至少十年左右，是不能随意下结论的。处理的办法是双方妥协，达成共识，广东人常说：这就像签协议，双方各让一点，就OK了，卡拉OK嘛。民生、民情、民意、民主不也是一步一步往前走的吗？

我们知道，环境越困难，刺激文明的积极力量就会越强烈地表达出来，人们潜在的创造才能就会发挥到极致，这时候人民追求幸福的愿望就愈强烈。当互联网深刻改变着我们的生活方式，当社交网络重组着商业社会，当人类系统中的各个领域为了迎合技术革命而变得日益浮躁与喧嚣，当中国与世界的关系变得更为深入与复杂时，广东如何让自己不断前进？

广东省当下的制度安排与讨论已经涉及学前教育、养老制度、道德维护、社会救助、社会财富分配、医社保、互助制度、开发区升级、农民工本地化、生态流域、全员人力资源开发、河涌治理、国际合作等，有的已经立法，有的正在规范之中，有的还在探讨。广东希望全面拉开民生各个方面的制度安排，推进社会转型。

不少人认为，民生当下最重要的是财富分配公平、财产传承保护、文化均享、治安服务、医疗向穷人倾斜、社会福利最低保障与充分就业。

广东的问题是，如何使“民生幸福”上一个台阶，吸取中国香港、澳门及国外的经验教训，结合广东实际，深化民生福祉政策。

推动经济的三辆马车，即投资、出口、消费，正在民生中扮演着“脸谱”的角色。经济看投资“脸色”运行，社会向消费“注目”，这可不是好现象。过激、过猛、过慢的政策，都可能导致前行的列车脱轨。

广东作为中国第一制造业大省，税赋太高使企业难以持续发展，税收机构的积弊已经到了非改不可的程度，已经到了向高收入人群、向奢侈品消费群体、向垄断与暴利行业要公平的时候了。

如果企业不发展，如果公民收入不提高，如果公民选择投资的机会不多，民生也只是一个“局”而已。历史是不问“如果”的。

房地产作为税收的中坚力量之一，却给百姓带来惊喜与恐慌，暴利使城市发展蒙上了怨气、水泥粉尘以及投机。抑制反市场的经济暴政已成为当务之急。

【推出片名　民生】

2011 年 10 月，澳门特区政府公布了给每个永久性居民派发 7 000 元、非永久性居民 4 200 元，连续减少全体就业居民职业税 25%，起征个税点调整为 14.4 万元等政策。这项“红利民生”，涉及家庭补助、交通贴士、学生津贴、养老金、幼儿教育、水电气费等，白领往中产阶级升级，中产阶级往富豪升级都已经涉及。可说是一项包容很广的“惠民措施”。

派发红利

民生史观认为，民生需求是不断变化的。居民收入倍增计划、就业、文化生活、幸福感、公平，是民生第一需求，是基础之基础；而自由、民主、法制则是民生第二需求。

广东显然没有达到澳门这个水平，但澳门的“精细民生”无疑是广东的一个目标。

民生追求幸福过程，实际上可划分为生存型、发展型和消费主导型，我们的政策制度安排应当与之对应。我们常见各种“惠民措施”搅在一起，往往混淆了民生幸福获得的路径与方式的选择。

生存型民生，应当包括“基本生活保障线”、医保、社保、基本就业等，涉及贫困村社，也涉及农民工群体、城市贫困人口、无住房人群等。显然，我们还没完成，遑论“惠民”了。

2011年11月15日前，《广东省住房保障制度改革创新方案》公开向全省征求意见。《方案》提出：未来广东省保障房将基本以租赁为主，经适房和限价房逐步淡出。为增加租赁型房源，首次明确新开发项目中，配建公租房比例为住宅建筑总面积的10%，城中村等集体土地也可用来建设公租房。

显然，广东仍然处在从生存型往发展型民生阶段过渡的时期。

发展型民生，其再就业、提高生活保障线及医社保水平、农民工城市化享受、住房制度化等主客观指标需要有力推进。这一阶段我们还需要努力。

消费主导型民生是伴随福利或惠民性民生的，像澳门那样进入“惠民措施”阶段，广东才刚开始，广州亚运会、深圳大运会发交通补贴，属于蜻蜓点水，但总算迈出了第一步。像三元里、万丰、宏远村那样先行一步进入消费主导型民生的，毕竟还是少数。

“幸福广东”前有标兵，后有追兵。

广东将生存、发展、消费主导型民生几步并成一步。广东一步再分几步走，物质生活共同富裕，文化生活共享，社会安宁共建，蓝天绿水白云共有。从指标来说，就是要统一到广东制定的主客观指标上来，以主客观指标指引这三个阶段的民生幸福走向。

2001年，国家统计局曾发布消息，将编制中国国民幸福指数。虽然国家统计局至今仍未拿出权威的幸福指数，但十年间，各省市幸福指数已如雨后春笋般令人应接不暇。广东在编制了主客观指标后，还拟编制各行各业、各市县幸福指标。

以指标指引，本是一件好事，甚至是政府管理“数字化”的体现，问题是指标本身的成熟度要不断纠偏、提高。如“居者有其屋”就可以多元化，政府可量力而行，但要智慧而为，不要在“公租”、“廉租”等概念上偏来扭去。

在广东，农民工与农民问题属同等大事。广东应该创新民生发展空间，如对农民工住房，可以学习美国建“移动社区”，降低农民工消费成本，也是为企业发展提供助力，不要把一切责任推给企业承担。压力过大会使企业不堪重负而倒闭，农民工压力过大则会回乡或远走他乡。

民生的伟大，在于不是“扎猛子”，而是一切政策都要围绕其制定，说穿了，就是目前的“生产性增长”战略要改变为“衣食住行”引导的战略。这是当代民生政策的出发点与落脚点，也是幸福的过程解读。

深圳有一家企业生产“旅游移动板房”。这家公司是从汶川地震时生产移动板房，为扩展业务，延伸至旅游方面的。当他们的业务员找到梅州一个县的领导，建议以移动板房解决正在成长中的旅游业的永久性接待设施的不济。社会各方都认为“不失为一个好主意”。

广东一家咨询机构参考该事件，建议把移动板房引入住房制度，发展移动社区，作为解决农民工住房问题的补充。深圳、东莞、佛山等民工大市，可以率先进行探索。

移动板房社区

广东可以发展多个“移动社区”。美国就有3万个“移动居民社区”，全球发达经济体则有超过10万个“移动居民社区”。我们可以用“移动社区”来解决相当一部分农民工的住房问题，不能等到“都买得起”的时候再去做，否则就为时已晚。

民生的创新，不仅表现为“提供什么”，还表现为有什么平台可以利用。慈善不是富人的专利，住房不是有钱人的爱巢，反过来，也是民生的平台。

广东可以，也有条件放开思路，搭建全民慈善民生平台，发展慈善社区、城镇、都市，也可以大胆构想建设1万个“移动社区”，解决一两千万农民工住房问题，这项工作仅为美国的1/3，而广东人口也是美国的1/3。

幸福广东·红色之旅兴宁站

“零成本”慈善适合中国国情，也适合中国民生。对于抗议事件，有些政府严阵以待，实际上可以用慈善、民生方式从解决方案入手。

在多元化社会里，广东生存性民生保障的制度性安排不能说完美，总的来说还是不错的，待完善的地方尚需很多努力，但从理论、政策、愿景层面，广东的许多民生问题离“幸福”还是很遥远的。广东如果敢于正视自己的问题，离幸福性民生就能前进一大步。

广东解决山区贫困问题可以通过直补，城市化、产业城镇发展造血项目，往东西两翼海边发展，解决区域财富与民生重构的难题。

要看到，全球70%的财富聚集在离海边100千米半径以内，全世界民生的70%来自海边200千米半径以内。

民生是一个国家的首要国策；民生追求对一个地方而言，是政治的全部；民生对一个部门而言，是最现实的行动；民生对一个人而言，是幸福的感受与过程追求。

【演播室　专家谈民生之本】

广东幸福指标分主、客观，这是我们极力建议的，也是广东的一个特色，研究幸福指数我们进行了十多年……

【音乐起　秋菊打官司主题曲节选】

当幸福作为一个命题，我们想到了生存性与就业性民生，还有环境、安全、创业、分配、慈善、福利、文化等民生理论。

当幸福作为一种战略，我们希望顶层设计是一个解决方案，而非一个不着边际的导向，因为对于战略，你必须回答干什么、怎么干和谁来干。

当幸福作为一个愿景，民生改善就成了一个过程，制度性安排的刚性与弹性应本着先硬后软+“巧”的智慧之道来运作。

当幸福作为一项政策，民生改善就要从生计生存满足转向精神知足，否则民生问题仍停留在生计而非幸福阶段。

当幸福作为一种文化，民生问题在于政府实施惠民政策，公民遵循社会公德，社会推动和谐发展，幸福的民生成了自强自立、扶贫济困、公平、尊严与包容性发展。

节假日回家的人流（来源：《信息时报》）

广东作为中国第一就业岗位提供省份，为全国进城农民工提供了约全国1/7的就业机会，为广东山区提供了1 000万个就业岗位，因而无论“来料加工”有多少罪过，它都功不可没。广东省存在的问题是：就业岗位提供的第一大省，在制定“双转移”政策的同时，尚需商请社会各方与地方制定“居民就业主导的民生幸福新政”，从制度上保障劳动者转型升级、社会和谐，而不是将就业民生政策作为一项工作安排附属于某项制度。

民生基于现实是生存与发展；民生基于愿景是快乐与幸福；民生基于政策是公平与公正，广州政务微博点击率全国第一，或多或少揭示了公民对民生的关心。

再一个是创业或造血性民生。目前，在广东全省有不少好形式，如虚拟企业、创意者大联盟、各种扶助措施。但光有这些还远远不够，要当作一项制度来安排仍然任重道远。比如当一些人想回到二三线城市创业时，发现那里的房价也开始涨了。创业者到底应该去哪安家？一线城市无法安家；到二线城市，二线城市也无法安家；到三线城市，三线城市都无法安家。是不是要逼得他们回到农村去过男耕女织的生活？

住房，想说爱你不容易！

我们相信政府的给力，但政府不是救世主；我们相信公民的追求努力，但社会毕竟太纷繁复杂，不能保证民生幸福的零距离。

是我们走得太快，还是世界走得太慢？

【再次推出片名　民生】

有人说，2011年广东外贸进出口近万亿美元，稳占全国1/4，江浙沪达1.5万亿美元，四省市相加达全国2/3，是“国际民生省市”。这是出口导向的社会转型自赏。也有人认为，出口会给国民走向世界搭起桥梁，广东近年来有数百万人同外国人做生意，难道不是“国际性生存”的民生？不管如何评价，广东民生的环境已经是开放式的了。

开放性的民生环境在精英阶层德行受到挑战的情况下，公民的知情权显然不够理想。这就涉及一个基本的社会公德+民生公理的价值态度问题。

国际民生更是开放性的民生，也是走向知情幸福的民生。

到2010年，广东已有几百万港澳台及外籍人士常住人口，他们在广东创办的企业超过5万家。“民生”也在国际化。世界的目光在转向中国如火如荼的高速经济的同时，也转向了中国的民生。世界100家大型建筑设计公司，有47家到中国安营扎寨。

广东有3 000万华侨华人在海外谋生，每年寄回百亿美元，广东企业在外投资赚回千亿人民币，看来，民生也是全球化的一个过程，要敢于走出去找幸福。

任何民生，都是为了追求环境和谐、幸福美满。

“家和万事兴。”国际、国内、省情、市情、县情、镇情、社区情都是民生的解码。因此，民生社会建设千万不可以“阶段”为借口绕弯子或等待下一任领导班子处理。社会问题的积累就如欧债危机的警钟，是政府的民生制度设计的缺失。广东的地方债务虽说是在可控范围内，但若是哪一天不可控了呢？

广东省统计局公布，2010年，广东省公共投资与民生财政投入超过全省财政的50%。有人可能说这表明广东省委省政府十分重视民生，还有人可能说，如果再过几年能增长到70%，广东省就是真正的“民生财政”或“民生政府”了。宝安是中国第一经济强区，2011年可实现GDP 3 000亿元，但我们难道就能因此而断定它为“第一幸福之城”吗？

民生福祉，从政府层面是提供产品服务，产品越丰富，民生越幸福；从公民层面而言，民生就是就业、福利、心态与道德的坐标。每个人在社会上终其一生，幸福不是成为大官、富豪或偶像、楷模，而是每个人都找到自己的位置，成就自己的平淡或梦想。

社会管理就是将危机也纳入常态化的管理。

【演播室　专家谈民生与财政】

广东实际上也是吃饭财政，也可以说是真正的“民生财政”……

深圳有一家不愿曝光的企业，它处理职工民生的方法很简单：每月只给职工发 3 成工资做生活费，其余 7 成工资由公司统一存起来，5 年内公司帮助 80% 的员工买了房子，虽然只是交首付，员工们仍感到很满意，心里的幸福感油然而生。

如果这个企业的老板不是这么“霸道”，职工今天的幸福民生又怎么能实现呢？

这家不愿曝光的企业的老板说，我们只需要政府给我们一个说法，比如员工选择了公司，规定要给予保护之类，我们就知足了。动起来，这是生命的爱、鲜活的爱、幸福的爱。

将民生问题作为首要问题（来源：《南方日报》）

“做七分留三分，想七分行三分”，会让自己和身边的人活得更自在。空间会让每个人感到自由和互相信任，也可以让爱流动起来，让能量流

现代民生社会建设，政府要借助社会的力量，把社会各方面力量发动起来，比政府每年多将几百亿投放民生更重要。

日本有地震保险，美国佛罗里达州也建立了飓风巨灾保险制度。依照国外经验，巨灾保险体系的核心都是由非营利机构承担，但我国尚未建立非营利机构的法律框架。巨灾险的建设和推进，需要政府主导和市场运作，也需要制度上的保障。所以民生更是社会转型的一种制度，一种比经济更开放的、可对接的制度安排。

广东正面临民生社会从追逐生存环境到和谐环境的演变，能否走快走好，事关广东整体社会的转型。因而在民生共享、共建中体现公平尤为重要，在发展中体现创新会更有活力。

当前要防止公民收入增加而财富贬值或流失。股市民生值得政府注意和公民警惕。小偷偷东西，人们会义愤填膺，但有人已把手伸进成千上万股民的钱包，却因信息不透明、监督机制缺失而未引起重视，“流动性”成了公民幸福的“流失”。

流动性作为市场出发点，应遵循政策与成长规律，不能破坏民生延着正确轨道发展。

广东民生正受到港元、澳门元、美元等多种货币价值升降的直接影响，“汇率”成了民生的又一反馈元素。

广东要对世界中心货币、国际货币、地区货币和国家货币如美元、欧元、英镑、日元、澳元、加元、人民币等知识进行常态化普及，以降低公民的民生损失风险。

创新方法，打造硬实力，打磨软实力，打拼巧实力。我们的民生将会一天比一天好。

第十集

底 线

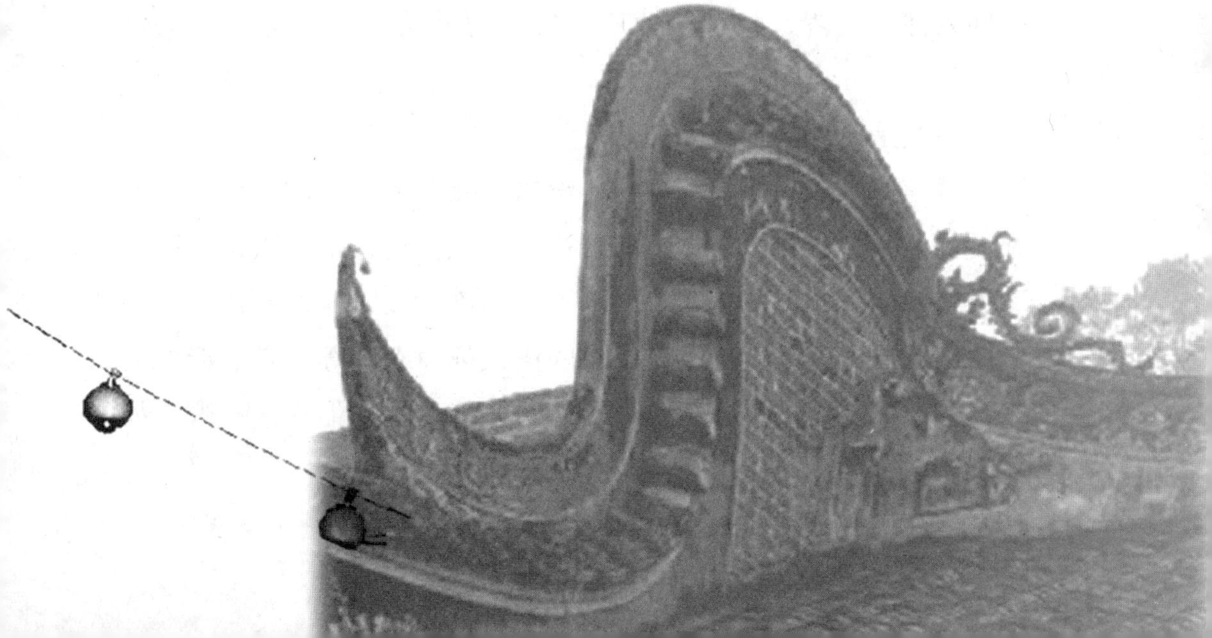

冬天的底线可以托起春天，

春天的顶点只能是冬天……

深圳华侨城集团十年前制定了《华侨城宪章》，这个宪章虽不能说是完善的，但它开创了企业、员工、社会责任及职业操守边界的界定，是集中国企业发展、社会变化、员工成长于一体的“底线设计”，也是中国第一个“企业共同体”规章。

其实，城市居民管理类宪章相当于今天讲的“共同体”建设。早在欧洲城堡社会时期即开始广泛流行。事实证明，它的生命力延至2 000年后，因为它们是基本的底线设计。中国的村社管理也是底线设计，如果进一步将公民自主管理作为多边参与推行，会更有“共同体”价值。

广东至今没有一本“广东读本”，有人建议出一两种“广东读本”，民间、团体、政府都可以弄一两种，提供给不同的人群阅读。原因是，全世界发达国家州省县大中型企业，几乎都有展现自己风采、文化与发展历程的读本，偏偏我国在这方面有所欠缺。要制作“读本”，就要划定国家底线。

公民社会的底线设计，要求各行各业恪守自己的边界：政府应恪守权力边界，企业应恪守诚信边界，社团中介组织应恪守行业规范边界，职员应恪守职业道德边界，知识分子及精英应恪守良知人性的边界，特种行业应恪守职操边界，公民应恪守良俗边界。

底线是通往圣殿的天梯。

诚信体系被闹得沸沸扬扬。没错，社会要建立诚信体系，但要设计好并一步步推行。中国在这方面往往把政治、人治、法治三者交替使用，没有兼容并用，使人不知所以。如买票实名制，上了车还要查票，实际上连起码的信任都没有。尊重是尊严的基础，尊严风气形成了，社会诚信体系才能建立，但梯子在哪？如果一个官员连“社会眼光”都没有，只盯住体制内，其歌声也只能在围墙里回荡。

一些广东人认为广州财政改革是不彻底的，想一口吃个金娃娃；抑或人们不想搭梯爬房一步一步走，总想不花力气就把长效底线当梯子爬。现实是，自由与民主是法制社会建设的阶梯，没有网络问政、财政预算公开、信息透明、分配公正的一步步进化，又何言公共管理的科学性呢？

广州市财政局网上公开预算

当底线设计与底线政策成为常态，中线、天线不就一步步近了吗？今天的改革深化不是中央或地方要不要改，而是能否上下都行动起来，从自己开始进行底线设计与推进。

一个成熟的民族是一个行动的民族，一个成熟的社会人不是从“窗户”往外面看表明自己最有“远见”，实则当局者迷；而是要从外面往里面看，尽力去把屋里的灯开亮，才会“满堂生辉”。

广东社会建设缓慢，深层次原因是我们心灵的纠结：写多了优点，怕别人说“自吹”；写多了缺点，又怕别人瞧不起。底线设计、底线行动的缺失，就表现在纠结不清，最后是纠住打结。

用时尚的话来说，我们缺底线文化，反映到改革上，就是缺底线设计。

当广东省提出“腾笼换鸟”、“不保护落后生产力”时，立即遭到海内外的热议：广东省究竟要干什么？“别到最后鸟跑了、笼空了，空欢喜一场。”“难道中小企业都是落后生产力？”这是容不得他人异议的纠结。

腾笼换鸟，转型升级（来源：《南方日报》）

不纠结是底线设计的重心，也是发展现代公民社会的方向。“知耻而后勇”是底线设计的阶梯。

今天的事实已证明广东省的决策没有错，几年来广东不辩解，悄悄干，认真干，尽管有些事不尽如人意，但广东社会改革没有停步就是不纠结的表现。虽然有人否定“广东模式”，却没人否定“体政创新”的努力，也就没人再提请对“与时俱进”的“广东说法”进行审议。

广东的改革创新似乎正在使人们渐渐明白这样一个道理：底

线设计还有一个权力边界。法律可以保护却不能取代道德。在做好事有可能给自己带来麻烦的社会环境里，公民可能会规避助人风险，进而反感道德。一个没有底线设计的社会，是违背“人的本意”的，社会没底线会乱阵脚。

广东争议较少、行动较多的一个原因是，许多人明白“名义负责”和“自我夸奖”实际上是对自己、对他人“谁”都不负责，是“唯我主义”的纠结。

现行法律、政策、乡规民约已制定了不少“底线”，但底线文化，比如自律、自信、公信、共信、规划、律条、房地产暴利限制、土地扩张的法律红线、不准公车私用的执行底线、妨碍他人的行为底线都还要一个“底线体系”或“底线解决方案体系”。

目前，广东没有一个较完善的方案，或者说，各行业、各部门及社会也没有系统地思考，如果说有一些，也仅停留在“诚信”阶段，如《南方日报》、《广州日报》的行为。究其因，我们“底线”的质量差，是因为“纠结”太多：部门权力、人间恩怨、观念价值等都有着太多纠结。底线设计与执行的纠结，就在于设计底线要防止纠结，或要设计不纠结的底线！被授权的前提是对结果负责。比如没有授权的钱财、权利，你拿了，就是自己没底线，等待你的就可能是无底深渊。

在社会不良风气的影响下，广东的淡定也多了些浮躁与急功近利。长期以来，方方面面缺乏底线观念、底线设计，自然缺乏底线的行为。

【推出片名　底线】

如果说“自以为是”和“排他性”是底线设计的两根软肋，而“最低门槛”设计的缺失则是诚信、公信、无信社会生态进化的一面镜子。

据《南方都市报》2011 年 11 月 16 日报道，深圳市第二人民医院麻醉科存在一支麻醉药多人使用的情况：第一人没用完，第二、三人接着使用。先不说是否从社保中牟利，从患方来说，只有授权，医方达成“共识协议”，底线才能使用。该院负责人表示“接着使用是为了节约，不存在牟利”。一个底线都没有的借口，谁会相信呢？

深圳市第二人民医院被曝出一支麻醉药给多人用（来源：《南方日报》）

底线设计应当是广泛的，涉及一切公权、公益、公信和公民正业。其标准和规则都应相对完善，还要有评级机构进行社会审查，一旦信誉受到质疑，这类机构都应当受到生存乃至经营方面的影响。

信息与流程公开，是底线设计的基本要求。而只有把规制规章的掌控与评估交给公众组织，才能保证其对象在公信力上的公正运转，失去了这种监督，一切权力、资本、行为都可能变质。

诚然，我们可以鞭挞深圳市第二人民医院的“医德沦丧”，但更重要的是今后如何防止再次出现类似事件！

产业升级转型是2011年广东洋顾问“外脑会”上提得最多的词语，广东面临的产业转型如何在“金融”与“科技”合力作用下走得“更高更远”？中小企业融资难、纠结积病已久，一贯以“制造业大省”著称的广东目前出现的一系列问题更是备受关注。MS and AD保险集团控股公司开出“五剂药方”：建立“抵押或担保”的“快速通道”，公共机构定期检查经营者的销售情况，政策要明确高新科技、环保企业可以优化分配资金，允许民营企业以一定的期限固定利率的方式进行融资，贸易保险制度也应随之完备。

11月14日，“2011广东经济发展国际咨询会”在广州开幕

（曾强摄　侨报网）

广东在进行诚信社会建设时，如果一味只强调设计一流的顶层政策，忽略底线设计，那么，威信设计到“非理性”设计、法制社会都是不可能建成的。

广东宣布几年内实现珠海PM 2.5值监测全覆盖。这是一个国际对接的好消息。今天，德班大会也将中国发展与速度纳入国际法律框架，各种问题成堆，少些指责，多些智慧，想想别人，一切都会有底线。底线设计是法制社会的基础与标志。

法律的底线靠强制推行，道德的底线是舆论监督，不依法强制，不曝光彻底，二者的执行就没真正的底线。

2011 年 10 月发生在佛山南海的小悦悦事件，在场 18 人仅拾荒者上前施救。全国人民共同声讨。事件发生后，广东媒体不护短，电视报道了 8 分钟，事件在广东乃至全国传播。接着广东省领导对媒体表示，这是广东人的耻辱。国务院新闻办原主任赵启正说看了电视报道恨不得走进去救小悦悦。但这件事很快在同情小悦悦又愤怒骂不施救者一通后偃旗息鼓。

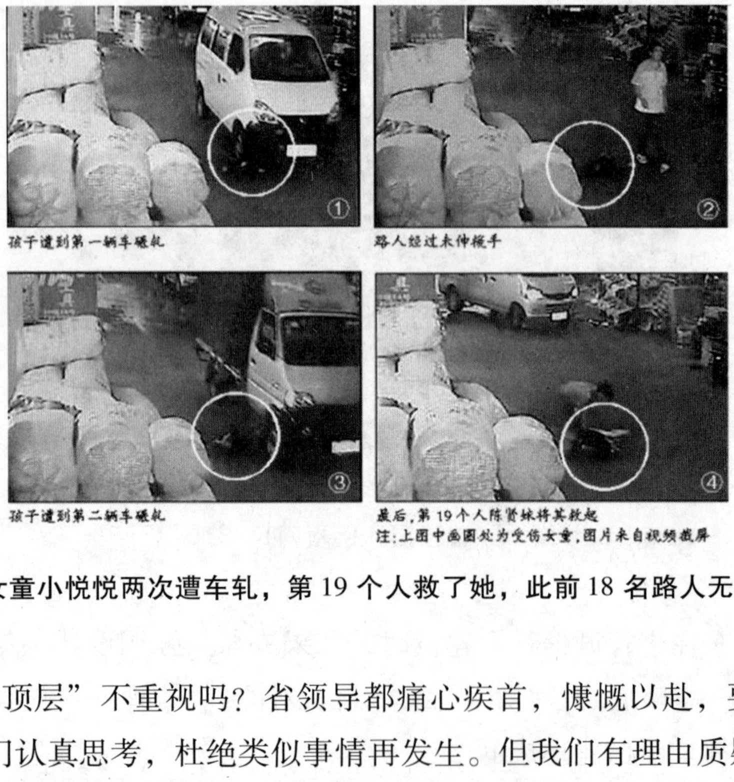

佛山女童小悦悦两次遭车轧，第 19 个人救了她，此前 18 名路人无人援助

“顶层”不重视吗？省领导都痛心疾首，慷慨以赴，要求有关部门认真思考，杜绝类似事情再发生。但我们有理由质疑，这类事件能杜绝吗？

一个社会，一个不纠结、坦荡从容的社会生态形成，才有公民的“一身正气”，而形成的基础就是底线设计及推进，那才可能基本确保不出现第二个小悦悦事件。比如，我们有监督监护人的强制法律吗？有监督施救者被诬蔑纠错的制度吗？光纠结不纠错的制度是不完善的，也是缺乏底线的表现。

广东可否下大工夫，多与民间组织、民间精英协商，走出去把底线设计好？社会管理不能再往外看，要从外往里看才会解决社会矛盾。

我们一些所谓的“顶层设计”是“顶层”的吗？比如说目前众多的幸福指标，洋洋大观，为什么不搞一个“底线设计”，顶层设计不就应运而生了吗？

【再次推出片名　底线】

【演播室　专家谈社会政策设计】

“幸福”这个词，令人们想得最多的是自己幸福吗……

两年前，广州泛珠城市发展研究院一位专家对主持交通运输部高铁经济的一位广州专家说，先不要忙着给高铁经济的伟大下结论，它的意义老百姓也知道。对于高铁，不是发不发展，而应首先从技术、成本、安全层面做好底线设计。比如维护东京至大阪这段线，每天要出动 4 000 人。全球目前只有三条高铁赚钱，日本的东京至大阪、法国的巴黎至里昂、中国的广州至香港。这不是远见问题，也不是没有警惕主权债务风险向新兴经济体渗透的技术问题。

底线设计，首先是一个观念问题，其次是一个技术授权问题，技术授权需要考虑制度安排。授权是更好地开发利用各种先进工具，成为技术管理的主导。

广佛同城化初期，有专家指出白云机场的利用价值被过分夸大，因为一个只有33平方千米的机场，要迈入世界前十五大航空港，要具备同时停泊1 000～2 000架飞机的能力。专家在会上打断某领导的话，而领导们很客气地说要再深入研究，就是官方有一个底线：知识分子的直言是其最后的底线。如果这一点都不能维护，等于把知识分子推向对立面。

一个社会仅仅敬畏权力、知识，不敬畏公正、公平、包容和正气，不敬畏父母、师长、勤奋，这个社会也不是现代社会。这些都是我们应遵循的底线。

佛山发生的小悦悦事件，其不再发生的先决条件是：有制衡小悦悦父母监护不力、货场管理无序、遇见者不施救就抬不起头的制度！显然，民间、政府、企业都有责任，要处理好就必须有底线设计。

对于孩子的安全，美国政府的底线设计是，十二岁以下的孩子没有常态化监护看守，父母会被判刑，我们有类似的法律条文吗？货场卡车频出，进出行人为何没有保安监督，有法律或机制严惩企业经营者和安监人员的"公共律条"吗？许多人目睹弱者被危险所侵害，我们有制约惩处的条文吗？这一切是模糊的，还是丁是丁、卯是卯的？

广东应该明确，建设民主社会的底线，不只是法律，还有道德、行为、态度、时间、方式、公平、生活、民意、言论、家庭、夫妻与婆媳关系、企业与社会、企业与政府关系等等，这些底线应当怎样设计？比如说，在每一个载体、表征物、思想节点、观点与政策行进过程中，到底能走多远？会产生什么危险？当碰到问题时，又会产生什么反应？三边以上合力机制与官民共同参与机制谁来设计？我们现在不得不正视了。

这就是"齿轮文化"的底线设计，只有齿对齿、轮对轮，才能“运转”。相反，不这样做，则违背物理学常识，违背了世间最本质的“物”质世界。对应是顺时针的底线设计，“对立”是逆时针、逆物质运行的反底线状态。

“同意你的观点，剥夺你的说话权利。”这是行为没有底线。

“我不同意你的观点，但我誓死捍卫你说话的权利。”这是伏尔泰的观点，也是民主的观点，有底线的观点。

事实上，底线是人们应当遵守的基本准则、行为方法、处事能力与政策界限。没有底线的人会胡做非为，没有底线的企业会丧德无良，没有底线的政府会以势欺人，没有底线的医院会失去医德，没有底线的事业单位会攀比享受，没有底线的垄断企业会任意支配财富。

广东有一个比较旧的小区，只有三栋楼，50家住户，当地居民与农民工混住。请物管不符合政府物业公司成立条件，请人搞卫生常常因费用少不到位。后来，小区居民经过协商制定了一个“楼约”：每层每家每梯规定了“自扫”时间，不参与的交钱，不交钱又不扫“门前雪”的，天天公布。一年后，这个小区已保持了洁净、疏朗的局面。

广东在社会转型中，也要抑制公权膨胀，要激发民间参与热情，否则权力失去底线，会成为私人的财富机器；法律失去底线，会成为草菅人命的工具；道德失去底线，会成为矛盾的纠结地，剪不断理还乱；人失去底线，疯狂起来谁也拦不住；婆媳失去底线，夹在中间的丈夫或儿女比死还难受；家庭失去了底线，夫妻双方把它当做旅馆，放飞的感情肯定没有了坐标。

对个人，底线是一种修养；对机构，底线是一种诚信；对权力，底线是一种边界。

广东人应正视，民主不是一种理念，而是一种程序，是一种可以在事前充分博弈、事后能够纠错的制度。民主要给每个人平等的权利，它是斗争中各种势力相互妥协的一种结果，一种用斗争打破绝对垄断的平衡，一种让弱势群体有表达不同意见权利的公平。

【演播室　专家谈底线或修养】

以家庭为例，如果夫妻双方恪守男道妇道，互相尊重，形成相互分工、包容的家庭生态……

大家熟知的一个故事是：方丈救回一轻生者，方丈对他说："我无法防止你再轻生，但你的生命来自父母，吃穿来自天地，智慧来自先生，你还完了债就可以去死了。"这人沉思了一会，朝方丈拜了几拜，精神振作地走了。

底线基于公民，修身、齐家是核心。没有修为的公民，或者说不知普世价值的公民，不懂公德的公民，齐家就成了一句空话。

广东人喜欢说，幸福不是光想好事，老想发财，幻想天上掉下几个馅饼。所以广东人亲朋间是有底线的帮助。幸福更是在奉献中享受，在互助中充满生命力，实际上只要你有了幸福的底线，有了底线的坐标，才可能波澜不惊，从容应对，你才会幸福！

【再次推出片名　底线】

广东市场经济发展较好的原因之一，是政企间有一个不可突破的底线：理解。

底线基于政府，制度安排是核心，没有制度安排，一切事业或工作都难以走上正轨。政府是准入或退出机制的主导者。

底线基于社会，是处处有道德底线，处处有红绿灯。

底线基于市场，不是要生产什么，不生产什么，而是激情过后，谁去收拾摊子，不收拾或无能力收拾又该怎么办？

接口，是底线设计的关键。比如富豪往前走的接口是慈善，中产阶级往上升是富豪，白领往上升是中产阶级……

格力空调冲刺世界名牌，格兰仕称雄国际同行，都是深谙底线之解。“底线”要求我们，鼓励什么固然重要，但鼓励要有政策边界和纠错机制，才可能是科学的设计。有底线的企业，才可能走得稳健，干得响亮。

世界变得日益保守，事关多哈回合成败的削减农业补贴、降低农产品关税和开放服务业等关键领域，多年来WTO的发达成员与发展中成员一直未能达成共识，合作、有利、互助，世界的底线在哪里。

底线还告诉我们，即便是法院，要想看到“独立审判”的法制社会，如果不全力以赴用心血去培育激情公民、理性企业、理性社会，法院的工作考核就不能说是合格的。

不要争，不要怨，想办法，多理解，大胆往前走吧，只要我们敢于承担，敢于触摸底线，幸福就会向我们招手。

科学发展以人为本，和谐社会与人为善。

第十一集

文化力

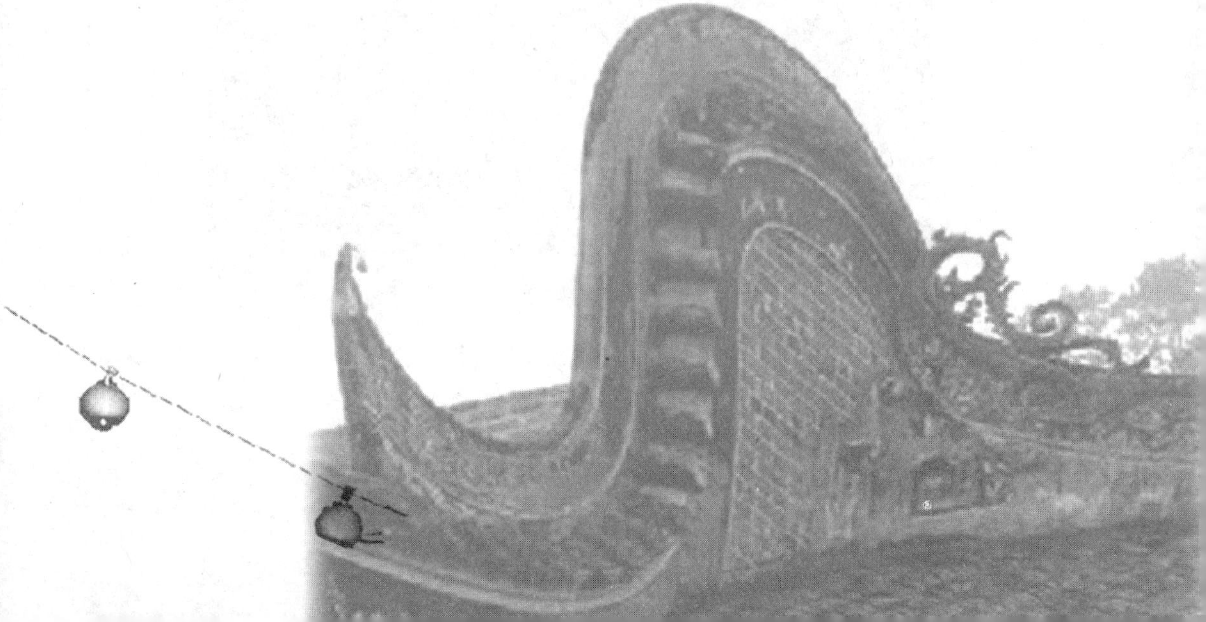

文化氛围轻松是真文明，文化氛围压抑是伪文明。

人人讲文化可能没文化。当文化只是标签时，我们离文化沙漠又有多远呢？

有人说，刚到广州、东莞，看不惯到处有摆摊的，有点乱，待一两年则喜欢上了。这些地方没有纠缠摆不摆地摊，而是有一个慢慢来、慢慢改的包容文化氛围，是平民社会，有平民社会文化包容力。

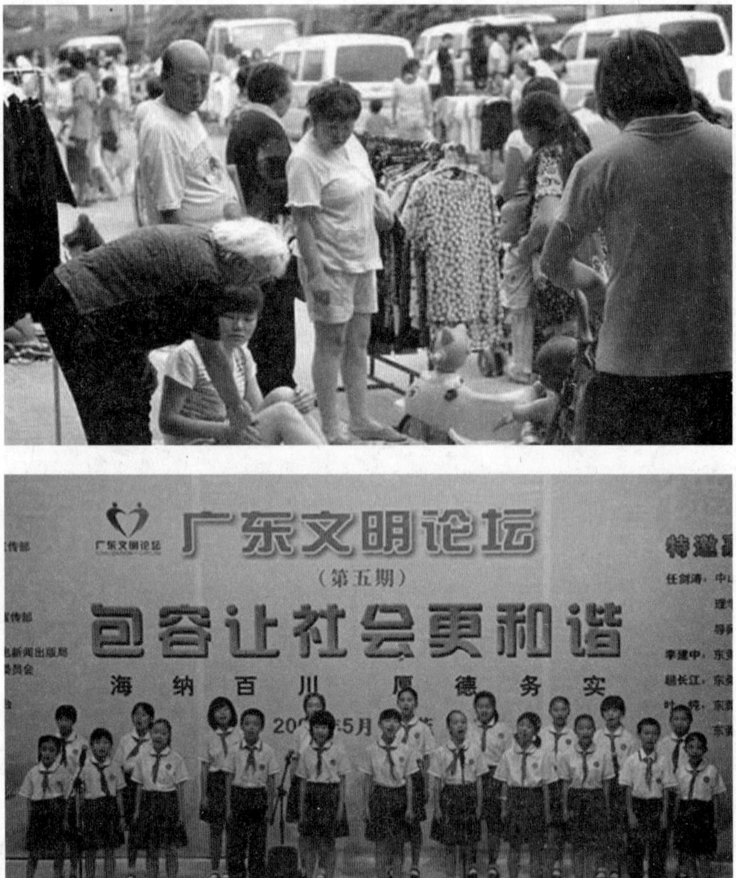

包容让社会更和谐

不纠缠应当是形成文化合力的内蕴。对无理诉求的小气，对社会友好的大气，就是真正的现代精神文化，也是“敢为人先、从容淡定”精神的表现。

据知情者透露，很多全国性的学会、协会在广东都开展不了多少业务。一些富裕者开“农民论坛”或“农村论坛”都不愿掏钱，认为“没啥意思”。“要开你们开，我们好像没什么时间。”

为什么一向“敢为人先”的广东人却如此“小气”呢？

这就是广东文化的价值观：从容。不跟风，不干“没意思”的事。

广东人正是在这种文化氛围的熏陶下，不轻易露头，不生气，形成了包容的好脾气：淡定。

广东人不急不躁，从容地煲着老火靓汤，干事情也是这样

包容、不生气只是表象。当有刀架到脖子上时，人人是岳飞，他们一旦生气，所向无敌。珠海淇澳村是第一个打败英国入

侵者的农民村，随后的三元里抗英，也是“四十三乡”民众怒发冲冠，扬眉剑出鞘的表现。广州石牌村对付打到家门口的日本侵略者的“三光”，再加上肢解侵略者尸体灭迹的“四光”，使得石牌村在抗战时的名气非常大。“情绪”一旦被底线冲破，会变成排山倒海的力量。

广东在尊重岭南地方文化、民族文化及外来文化中，更应彰显现代技术文化，弘扬广东“敢为人先”的传统。特别是互联网文化，如云计算将导致软件的终结，它在商业上的重大意义将改变企业、军队、公共事业、消费者存储和使用数据，至少可以使IT行业发生一次历史性转变。云计算正在去概念化、模糊管理与观念纠结或评估，形成新的文化合力引领潮流。

《幸福广东之歌》首唱

文化一旦成为时代与民心之合力，会无坚不摧；民心一旦练成文化之力，会无往不胜。

广东经过30多年发展，在传统文化与现代化社会价值体系的纠葛中，政府引导与服务、企业以市场为导向、商会搭建合作平台、学研与智库提供知识技术专业服务、公民问政、全民创业、区域与社区共同体建设、城镇与行业整合及产业链分工等“八种文化合力”正在行动中，这“八元开泰”虽仍有很多不尽如人意之处，但是广东正在迎接“网络媒体”亦即全民大媒体时代的来临。“全媒体”时代，网络为分享信息和寻找供需平衡提供了最便捷的工具，代表着经济社会转型的路径与方向。一切逆透明的行为只是为阻挡现代文化合力的形成而在其中扮演的可怜角色。

对文化合力的异议，表现为我们对自己继承的传统文化的思维、行为、作为这“三为”的崇拜与践行，而忽略了现代社会谦虚、慎思、谨行的努力。

有人说广东没有“模式”，最多目前的作为是管理体制的创新，谈不上政治体制改革。这是人们否定别人的“私文化”而缺乏“公文化”的表现。政界精英对异议者评价为“政治上不成熟”，学界精英反映为“不符合刘易斯或凯恩斯”的二元理论与货币理论，商界精英则指斥为“只会说空话”。

儒家、道家、释家文化解释世界方式有差异，意味着中国传统文化好的方面展示的是“百家争鸣”，不好的是“没了合力”。佛家认为“人性靠不住，所以要从每个人做起”，才有了“仁义礼智信，百善孝为先”。“理性治国，感性治人”这一至理名言是对当代多元文化的传统阐述，而非纠缠。文化合力的弱化就是纠缠观念、态度的结果。

【推出片名　文化力】

广东人不爱说“中国社会的麻烦是没有信仰”这类话，因为他们看到，中国的文化合力是如何走出“纠缠”，形成自我纠错的机制。

有人说，中国的官僚文化太深厚，使得其他文化弱不禁风，这也是一种纠缠。

还有人说，中国的根本问题是民主与法制。

这还是纠缠。

广东在沉思：欧洲城镇文明复兴了工业与艺术文化，英国的工业文明催生了全球开发与独立民主，中国的文明曾经激发了欧美文明的成长，今天我们还能在打造和谐社会中一展风采吗？

文化共识凝聚文化合力，文化合力来自对多元文化的认同，而认同的基础是对多元文化的观点、知识的接受和学习：不强加自己观点，理解别人，不拒绝别人的好意，不与别人 PK。

多元文化互相认同，形成合力

广东自 2008 年以来，引导社会转型升级，力推幸福新政；业界探索转型创新求变发展。其中虽然也有不少困难和问题，但势头显然比过去更好。在倡导“文化定输赢”的今天，广东更担心经济与社会两列车一条轨道导致文化的发展或社会发展再次扭曲。

世界文明正经历第五次构建：以中国及几大文明古国为代表的农耕文明，催生的是从蛮荒走向文化立世时代，传播的是技术文化；欧洲城堡经济以军事扩张立国，传播的是城镇与建筑文明；英国海上文明演绎的是拉美等现代工业文明，传播的是工业化与现代化；空间技术发展，传播的是人类欲望的文明；第五次是人类迷茫于科技、文化放飞之后缺合力的宇宙、社会生态文明构建。广东应当先行一步去探索。

文化合力，首先是有海绵一样的吸湿力。

你不包容，肯定从容不了，又何言淡定？

广东说大了一直处在风口浪尖；说小了，广东一直在成为社会的焦点；说没了，广东人自己也不记得别人说过些什么；说好了，这是一种从容的心态，一种文化，一种激励自己、不检讨他人的文化。

广东经历了这么多事，广东社会总体是平和的，这也得益于广东人处事的从容。当快要发生矛盾时，广东人往往选择“你厉害，惹不起惹不起”，边说边走。

有人说，这是懦弱。一帘花鸟王维画，四壁云山杜甫诗，生活各有各的精彩。广东人这种态度，其实，更是谦虚与从容。文化力缺了谦虚，不过是小人斗气。文化缺了“懦弱”，也就没了淡定，只会高喊口号，颐指气使。文化不能只懂硬实力和软实力，而不知巧实力，巧实力才是智慧之举。

广东的社会认知应当是：社会似苗圃，真话活一世。

人生只有1%的精彩瞬间，也只有1%的无聊透顶，98%都是平淡的生活，没有不用平常心对待他人与自己的道理。否则就是庸人自扰，无论你是工人还是官员，幸福不会偏爱你。失败本是成功母，勤劳方为幸福根。

广东能有今天，更应明确目标，更知实现目标不要浪费时光。少说空话、大话和废话，才是有活力的文化。莫道浮云终蔽日，应信绿叶乐扶花。

大到一个国家、省市，小到一个乡镇、家庭，没有活力的文化肯定不是有合力的。

【演播室　专家谈文化】

岭南文化很有特色。从文化传承看，知名品牌有“雨打芭蕉”，知名人物如红线女……

数年前，《广州日报》发行量突破了150万份，近20年来，销售收入居全国报刊第一。《南方日报》本是一家省级党报，“系列媒体”获授“中国领军媒体”。可以看到几家媒体透露的信息：广东人“言论”自由，很少有人会讲空洞的“要”与“要多少”，倒是一步一步推进“言论自由”。

如果你遇见美的集团的老总，称赞他办企业了得，他不会说“还不够，还不够”，而会说“都是大家赏脸”。如果你说顺德某某企业是当地首富，对方绝对会第一时间严肃地说，“不能这么说，我们顶多就前三名而已”。

悄悄干，从容地干，才会认真地干，发动大家一起干，才会打磨出一种社会生态、社会合力的公共文化。

广东人喜欢吹糠见米，欣赏文化力表现的是讲过程，不重结果。因为过程可以把控，结果难以预料。

讲过程，是工业文明的产物。珠三角世界工厂建立没几天，工业文明的文化合力刚形成，就又遭受痛击，说是珠三角这种低层次加工业没希望了，好像一开始引进就是一个错误，3 000万外来工就业难道也是一个错误？

广东不少人在思考一个问题：英语作为一门高考课程花去了

学生 1/4 乃至 1/3 的学习时间，学生们花这么多时间去学一门不一定有用的东西，可否把它换成经济、美学、社会学，让学生一走出社会就有点真本事？我们为何要跟风呢？对世界有用重要还是对自己有用更重要？

花这么多时间去学英语，将来还不一定有用，有必要吗？

世界改变中国，还是中国改变世界？中国文化能走多远？走远的是什么？

以经济实力去改变世界仅仅是一个强大的国家在“卷入”世界时的一部分内容，中性地描述的话，它是一个大国在发展过程中的伴生现象或效应。中国与西方具有不同的文化观念，以普世文化去校正现代化航向，等于没有地方性的文化就永远成不了世界遗产一样。因此，广东应该思考：什么是广东最缺的文化？广东文化土壤的根能扎多深？能否在社会转型中不人云亦云，干出自己的特色？所以说，文化对于个人、社会、机构、政府，更表现为一种能力。

在现实中，重过程的文化更需要文化的透明。文化说到底是一种生存的方式、生活的状态。

【再次推出片名　文化力】

（插曲《万水千山总是情》中“不怨天不怨地”一段）

广东人之所以能在资源贫乏中走向富强，不埋怨，不丧气，是广东文化力的又一个特征。

2011 年人均 GDP 超过 7 000 美元，不是说广东已经迈入中等发达经济体如何了得，实际上广东问题也不少，但是绝大多数是发展中难以避免的。也有不少是该努力而努力不够的，比如对农民工融入城市的移动社区建设等。

【演播室　专家谈广东文化】

广东人喜欢讲“德行善举”是一条永恒的法则。还有人说，中国已进入解码确定利益边界的年代。而在中国特色的市场经济体制日益成型之后，不同利益之间的矛盾更加复杂了。

这些说法既对又不对，不对的是纠缠在谁是谁非上，对的仍是一分为二的传统文化思维。

我们能否不这么说，而是在个人笃信、团体机构公信、政府取信，即“三信”上构建社会文化合力。

广东文化也不是什么都好。许多人不想做大企业，怕做大了更辛苦。广东虽有令人尊敬的华为等大企业，但总的来说仍缺乏国际大企业。另外，贸易文化是公平交易，少了野心。广东文化是喝早茶，夜生活丰富，勤奋，也会享受，出英雄的机会少。

所以看问题仅有一分为二是不够的，一分为三不是更能三足鼎立而稳妥吗？

显然，广东人的危机防范意识，用好了可以一石三鸟，用不好就是裹足不前。

广东文化是喝早茶，夜生活丰富

如果说“从容”的文化比“包容”更具现代感和使命感，体现了广东精神长期以来的历练过程，具有“根深”的特点，那么，“淡定”的文化更体现了“叶茂”的品质。

“淡定”不仅是胸怀，更是“修身”的写照。

从个人到机构，有“从容淡定”护航，“敢为人先”就不是一种冲动，而是一种应景、创新、时尚和承担。翻开广东 170 年的历史，无论鸦片战争还是改革开放乃至金融危机和经济社会转型，都描绘了这样一条文化曲线：改良、改进、改造、改革这“四改”成为发展行进的主线，没到“万不得已”，绝不把阻力推向对立面，而是以“三促”即敦促、力促、互促，促其改进行动目标。

广东改革开放敢为天下先（来源：《南方日报》）

广东人的“敢为人先”是在真理面前“一身正气”，在邪恶面前绝不手软，他们明白文化建设不是要点小聪明就可“事半功倍”，不是挥舞着大棒，就有人与你随行。在什么都不好做、不可做时，你要有在家里搞好卫生、走出去搞好社区环境的淡定。

从容显示了少走或不走弯路，是“人先”的价值所在。从容的人，肯定总是走在别人前面，即便一时休息落了队，也会想办法赶上。

广东人遍布世界各地，老友新朋受各种文化熏陶，动静相宜的文化有不少养分。广东人似乎明白人生友好如亲情常忆常新，甘洌文化如美酒越久越绵醇，所以才有一种气定神闲、创新的气氛。而这实际在客观上也促成了一种良俗机制，对稳定社会具有文化的弥合作用。这是一种内在的稳定机制。

发达国家社会的内在稳定机制不仅存在于静态的社会结构中，更依赖于一种动态的多元文化竞争格局。资本集团、本土中产阶级与外来下层移民之间的相互牵制，瓦解了激进行动的可能性，达成了社会均衡。文化合力由此凸显。

没文化的人想的是别人和自己一样用钱衡量一切；

没文化力的人总认为别人都是个体户，自己才是精英。

有文化的人总在检讨自己，希望与别人共勉；

有文化力的人更是顺应潮流，做现代文化的推动者。

第十二集

社会建设

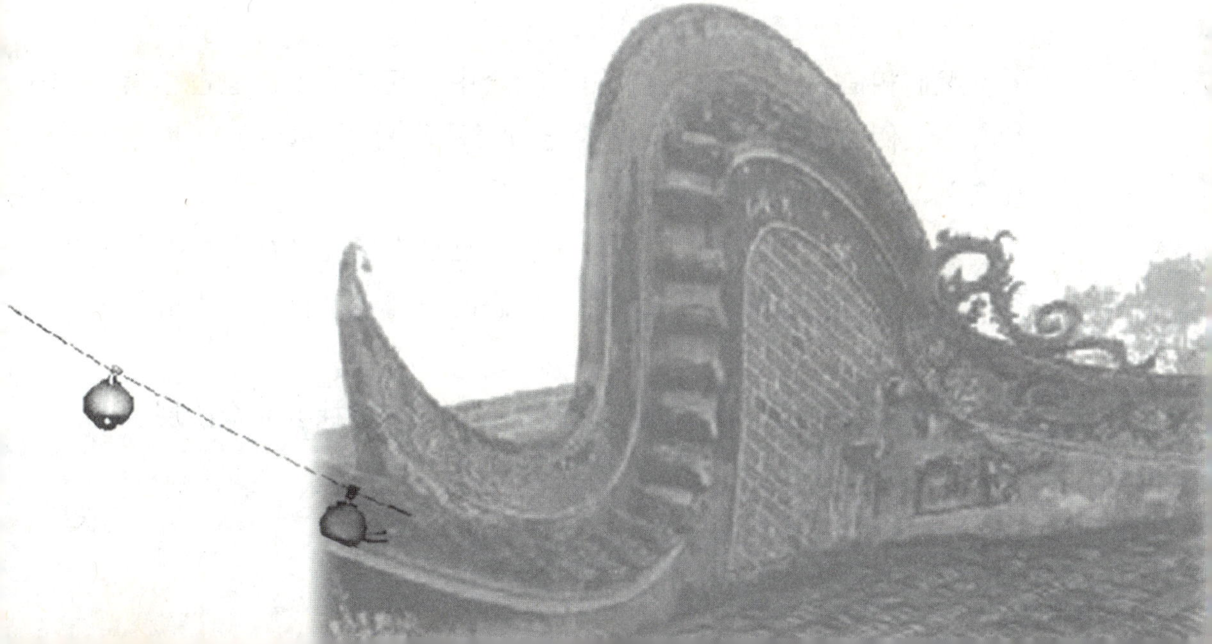

缺乏大社会观念的人总琢磨小圈子，坐井观天。有大社会观念的人总想互助友好，大社会像个家。当前的转型更是经济向社会主导的转型！

珠海香洲有一个社区外来人口较多，却实现了和谐发展、友好安宁，其经验就是共建、共享、共管。其分层次、分类别、分级数、分时段的社区生态，是其骄人的秘密。大社会的目标是各得其所、各尽其能、各司其职的社会生态，一切政策、群体、个人，都宜围绕“幸福”二字做文章、设计和行动。

幸福广东 · 走进幸福碧桂园

我们相信，在多元社会、信息社会中，问题不少，但也相信社会在人们的努力中具有纠偏的能力。被称为“焦虑的 20 世纪社会”，不是也走过来了吗？

纠偏，是社会应维护的一种能力，也是市场经济社会成熟与否的能力表达。它的动力来自社会生态的考评，来自社会人群的生存状态。

广东需要重建“注目礼”社会，尤其让整个社会大众阶层被关注、关怀、注目。

社会管理是一个链接管理的清单。如法国警察往往以“温情善后”赢得双方乃至当事多方的尊重。

不可否认，社会面临着情感危机，许多人越来越感到不幸福，在21世纪的社会，我们能走好吗？

社会建设要有三：底线、接口、协商；十一大内涵：经济、政治、文化娱乐、交通、国土、人口与就业、环境与生物多样性、科技与教育、城镇与区域、街道与历史、形态与形象（相马、护牛、赶猪、打狗）。

广东已面临注目礼社会建设。现代大社会建设是要达到“注目整个社会阶层”，在注目礼社会要“旁证”而非“自证”。“自证”的结果是只能演化为自吹自擂，是不能纠错的社会。现代社会生态达到和谐必须能形成一种纠错机制。一个社会只有具有纠错机制，社会航船才能不偏离主航道，“大社会”才可能“大”气，大社会才能成为“大家庭”。

村民直接选举村委会干部现场

自从民主政治被介绍进中国的第一天起，就不乏反对的声音，诸如民主政治不适合中国国情、国民素质不足以实行民主政治等等。清末新政、民初议会政治的失败，似乎使这种批评获得了历史经验的证明。于是，梁启超主张“开明专制”，孙中山提出“训政”作为过渡，梁簌溟等人则主张从基层政治开始，通过国民教育训练提高国民的政治素质。费孝通的乡村实验，实际上也是民主政治应从乡村自治开始的一种主流观点。

历史经验证明：教化与被教化是主流社会的一种社会现象，“参与”更多是享受的代名词，这样的社会是走不到现代社会的。

改革开放以来，广东的社会建设不能说很成功，但亮点也是有的。下级错了，上级肯承担责任；民间错了，官方也承担说情；官方错了，民间指责也不激烈，却推动其改进。在这样有一定社会纠错的机制中，民间对官方的纠缠，更表现为对幸福的诉求。

公民个人、官员、社会各阶层，都有了参与和承担，社会才是能应对各种问题的社会，才会有纠偏的基础。

“大社会”要求我们钱权智发挥作用为自信、自尊、尊严、公正、公平、支援、奉献、生态服务，而不是自我放纵、宣扬、煽情、玩弄权术。现代化社会的法制性、人性也在这里。一个法制的社会，更应是一个有人性、人人激励互助的社会。大社会生态要求的绝对不是纠偏无力、纠错无能、纠正无功，只知张扬权钱智的社会，那样的社会是智慧社会建设所不齿的。

【推出片名　社会建设】

2011 年岁末，深圳一家汽车站内大巴撞死 5 人。社会是个万花筒，其规律遵循企业、媒体、团体、家庭、姻亲、友情、族姓、阶层、性别、情趣、创新、组合等社会生态节点滚动式运行，时点式展开。如果只把此次事件当做管理节点，永远走不进

“大社会”的理念。

肇事大巴被吊起，车底下情景惨不忍睹（来源：《南方都市报》）

大社会是展示市场经济本质，是资源优化配置 + 优胜劣汰 + 创新创造动力。大社会不是一个无边界的实体，而是人类共同的价值准则，是人类家园的诉求和一种生存状态。

幸福广东的愿景确实任重而道远。广东的经济快车已冲刺了 30 多年，这辆快车还要继续往前冲刺，继续做大蛋糕。可是社会问题也很突出，最有效的办法是重构社会分工：强化政府的主导作用和大社会第一抓手，中介组织为社会副抓手，企业为经济抓手，公民为合作抓手，形成“四元开泰”的中国式大社会理念。通过推进大社会的理念，确立大社会的分工，推进大社会的事业发展。

社会建设重在分工、分配、注目、公平、互助、民主、法制、互信的生态建设。社会生态不达标，自然生态也就可望而不可即。

广东的气场在于：发轫于民间、升华于省里、获支持于社会的“幸福新政”正在形成一种全社会的共识、战略、愿景、政策和文化，一种公民社会生态。虽然离现代生态社会还有很远的距离，但总算有了一些激情的火花。

政治体制的改革，应当纳入社会生态建设，成为社会生态的组成部分而实施，不宜单独进行。

广东省的经济发展，已很少介入具体经营事务。属国有的，有国有资产公司，放心、放手、支持民营经济及各种经济业态发展，工业化演变为全社会的产业化。强调当前幸福新政在经济上是转型升级，社会方面是转轨对接，服务方面是改革与提高，大社会思想正在从“政府社会”走向“和谐社会”。

大社会实际上是和谐社会一说，都强调政府、企业、民众、社会精英、舆论、团体氛围、行动等力量的引领，这种引领形成的合力，也就是大社会生态或和谐社会的形成。

“揭底”就是“探底”。和谐的大社会应当是可以互相探底的社会。几年间上升到2亿人的微博，不是正在形成“揭底”疮疤、探底人性的“民间媒体力量”吗？社会各界都必须认识到自己的滞后与快速适应的需求之间的矛盾，这种快速适应的需求是多么迫切。

广东社会转型建设的加快，可循以公共管理水平提高、加快行政效率考核为中心的“公改”加快向社会组织授权的“政改”，并把经济改革、政治改革纳入到社会改革、大社会建设中。尤其是政改与公共部门改革能否像经济改革那样细致深入是成败的关键。广东商界在政府支持下，开始了资本、技术、观念、市场的输出，已形成贸易连接上百个国家、企业开办到上百个国家、投资到上百个国家、全面进入新兴产业行业和民营经济占主导的局面。广东社会建设必须有这样的勇气才可能有大作为。

大社会建设追求真善美，而厌恶假恶丑应该是社会普遍的共识。然而，当经济领域出现消费者对商品和服务的不信任，在政治领域出现公众对官员和政策效力的不信任，在法律领域出现公众对司法的不信任时，一些基于信任的德行在大众那里成为不可能，一切事件的发生就成为可能。

广东社会建设能否在这些“不信任”的挑战中，狠抓具体的落实并形成制度呢?

2011 年公共政策格局变化的亮点是民间推动。这是一个信号：一个公共事件凸显一个公共问题，继而引发广泛社会关注，尤其是微博已成为社会诉求和信息透明的平台，显然正缩短政治改革的争议走向社会管理主导。“免费午餐与校车运动”就揭示了今天的政治改革突破口可以从社会政策体系建设入手，开创一个新时代。

【演播室　省领导谈广东经济】

广东社会和谐建设正在融入全国和全球……

广东应当全力构建和适应网络社会的工作与运行方式。我们都应看到，即便像全球最大的市场调查公司尼尔森，也已因传统提交消费观点与行为受到网络的挑战。现代社会中，人们已经不需要在机顶盒前统计收视率，简单的社交网络的“签到”和“点评”就可以在家装电视电脑前“搞定”。今天，如果施政或任何公共项目乃至经济行为没有经过严格的评估而进行，都是有悖于网络社会的。

淡定做人，从容做事。网聚人气，社会和生。社交网络正在分解社会、重构社会，它比搜索引擎带给社会的变化更重要。在这个“互联网”也可成为一种形态，$1+N$ 的社会重构使传统社会面临解体的时期，新社会网络形态将呈几何级数地诞生。

我们不能因为广东的一些不如意，如富士康事件、樟木头事件、增城事件、小悦悦事件而一叶障目，我们应当往前看，往实处干，去追求积极的生活。

正如哈佛大学的“世界第一课程”——幸福课程主讲老师的名言：

如果我对待生活多百分之五察觉，
让我开心的事就会一箩一箩；
如果我的生活可增加百分之五的幸福感，
我要把心交给工作；
如果我把家庭放在重要位置，
全家人肯定会多许多幸福；
如果我把社会视作家园，
我们为什么不全力参与建设服务？

广东在和谐大社会建设中，应当清楚自己的现状，看看有多少个“二八”理论、有多少社会问题、有多少政改条款要一步步去面对、去解决，不要笼统讲经济改革、政治改革，要把经济改革、政治改革、社会改革纳入到“和谐大社会”体系建设之中，才可能是“科学的发展观”。这才是“数字化”的生存态度。

今天我们没必要争论是“大社会”理念好，还是“全社会”或“小社会”理念对，只要不违法，就没什么对与不对。经济学自1969年首次颁奖给学数学出身的弗里德曼等人以来，全球实际上已开始了大社会的“数字化生存”。模糊的、概念化的表达已不能作为具体的政策标准来解读。当1970年联合国确立“知识经济”的时候，“数字化生存与发展”政策便上升为国际标准。这时的全球，实际上已吹响了各行各业“去杠杆”发展改变为“智慧化发展”的号角。以人为基础的社会，演变为人与自然、人与人、人与机构、民间与政府、自然与社会的可持续发展的大社会。1988 年《我们共同的未来》确立的可持续发展观，为全球“大社会”发展做了命题。联合国对自然、实物、人力资源三大财富定义为“人类财富总和”，更揭示了“人类大社会一盘棋”。

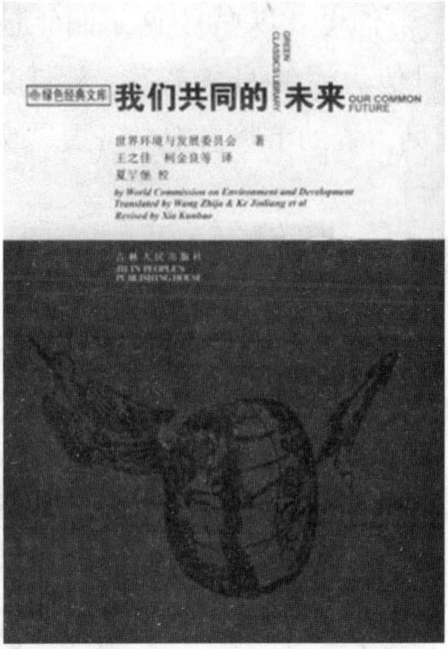

世界环境与发展委员会的《我们共同的未来》报告出版

广州亚运会期间，为了安全顺利地举办亚运会，几十名女警察流产，这就说明一个问题，社会建设是要有牺牲的，当一只手举起来时，一个希望也就快要诞生了。

正如一个少妇抱着孩子在快摔倒时被一警察托起，警察在快摔倒时往后传“托住托住”……形成了“千手托孤”的场面。现实中，只要人人伸出一只手，就将有一个个救苦救难的千手观音场景的诞生。社会不就是人人伸手托起未来的“千手观音”吗?

【再次推出片名　社会建设】

2010年，英国举行大选，卡梅伦以“大社会”作为保守党政纲赢得了首相宝座。“大社会”作为国策在全国推广。这时的英国人才知道，提出这项国策与早几年已经践行的关键人物，是其父母都是在广东珠海出生长大的小伙子韦鸣恩。这位在英国贫民区长大成人、至今才30出头的小伙子同年被卡梅伦聘为“政府顾问”，女王册封他为“终身贵族”。人们说韦鸣恩洗盘子的那家店的老板有远见，资助韦鸣恩上学开展“大社会”事业。

英国历史上第三位华人贵族韦鸣恩于2010年6月获册封为终身贵族，晋身上议院

韦鸣恩的“大社会”思想之所以能引起广泛共鸣，是因为其诉求明确：引导和组织政府官员、企业、社会组织、民众帮助社会友好建设，发动人们为建设和谐、美好、幸福的社会而努力。

无论“大社会”还是“幸福广东”，都一致指向广东的社会建设人人“责无旁贷”。

奖励正气，培育友好、互助、关爱、慈善的社会，正是广东当前的迫切使命。

当前的一切改革，都不要孤立；无论经济、政治、体制、权力、教育，都要纳入社会转型的轨道，纳入和谐大社会改革与体系建设中。

【演播室　专家谈社会管理】

乐正（深圳市社会科学院院长）：社会管理……

【再次推出片名　社会建设】

纠偏的社会是纠正人们的心态、按照现代化流程办事的大社会。如果一个社会始终纠结而不去梳理，社会生态只会越来越糟糕。

两年前，珠海横琴一家千万身价公司的董事长，与广州一位知名专家达成口头协议：由专家给该公司起草一份重要文件，由公司支付两万元，先付一半，完成后再付另一半。由于当时忙，没正式签约。时隔三天，这家公司的董事长亲自送一万元到广州。专家大为惊异：我们是讲诚信的，您从银行卡划账就可以了，何必跑一趟？这位董事长回答得幽默且睿智：“不行，您是大专家，我们给您添麻烦了。另外，签正式协议没必要，您写个收条，我也签上字承诺下次付款方式与要求，复印后各留一份。既然是合作，我也把它当成契约。”

纠偏的社会实际上是一个契约的社会。契约社会就是要人人践行，身体力行。体现人人参与，大社会才能因广泛参与而获得共识。纠偏在这里成了一种良好习惯，良习演变成习俗，进而整个社会发展成契约社会，契约社会才有公平、公正可言。

如果说改革开放30多年一路冲刺是因我们没有财富，大社会建设应当像创造财富一样，像横琴这位老板一样，一点一滴实践积累，从自己做起，从企业文化做起，和谐的大社会、幸福美好的生活才会有美好的积累，何况在积累过程中，本身就是幸福的参与和见证。

广发银行曾遇到过这样一件小事：一位退休女教师在窗口取款时，实习员多给了10元钱，这位教师回家数了几次，证实是多得了10元，就告诉老伴去退还给银行。老伴说你可以打电话告诉对方，让对方来取或方便时带去。这位女教师坚决不同意，花了一个小时送到那位实习柜员手里。有位经济专家分析说：一方面这位女教师小题大做，另一方面那位实习生可能会心想：何必呢，赔10元钱还是没关系的。今天，经济学家已开始从“财富崇拜”转向社会关注。

如果说改革开放30多年是普及经济学常识、技术常识、美学常识，那么今后30年应当普及科普常识、文化常识和社会常识。常识决定智慧阶梯，常识决定人性健康发展，常识更决定社会能否纠错纠偏不纠结，从而实现从容改革转型。

这位女教师后来在教育孙子时说：你们要记住，10元钱不是什么事，行为才是事。你要想别人给你公平，你首先要自己公平，你要想别人给自己尊严，你先要给自己尊严。如果一个人总要别人怎样，自己却不践行，高高在上，颐指气使，你的尊严早晚会落空。社会是个大家庭，你等我靠违背了人性的友善和社会责任。我们能置身事外吗？

广东更应看到：中国的改革开放，经济建设沿着1979年福建、广东对外窗口打开，1980年4个特区设立，1984年开放沿海14个城市，1985年珠三角、长三角与闽南三角地区开放，到1988年海南建省成为中国最大特区，以至浦东新区、滨海新区和全国各省市基本上都有了“经济开发区”，实则全国几乎开放所有经济区域，经济建设“长驱直入”。而在社会建设方面，政治与行政体制、社会管理，自由与民主，传统与现代，国企与民企份额等始终纠结前行，在维护社会稳定、坚持调整结构、扩大内需、推动改革中登台唱戏。这种纠结是不能走远的，因为各种民情的积累总要喷发。

20%中上层富人，20%中上等富裕国家，20%中高薪阶层……难道这就是定律、规律？其实这是不纠结的一种表达。

我们常说，没有英雄崇拜的社会，风气难以正，崇拜英雄的社会，往往个人英雄主义严重，“两难选择”让政府放权小心翼翼，让企业往往失去良机，让人举棋不定。所以社会才出现一些问题。

高能耗：我们成了地球破坏者，使城市山河破碎、满目疮痍、天空灰暗、空气污染。

高污染：我们在给地球下毒，给河流水塘撒药，给小区放烟。

产能过剩：强的不强，大的不大，精的不精，我们做了无用功。

从全国讲，广东的生态、社会建设等，还是名列前茅的。但当你看了广州的黑河涌、港深黑乎乎的界河、赚取微薄利润的加工企业，以及社会建设的许多问题，就会想起我们社会建设的艰巨任务，幸福在招手，幸福更在脚下。于是有些人提出了十分简单的想法：社会建设，官民共建就可以实现了。

2011年5月10日，《人民日报》发表了一篇文章，题目为“科学对待当前的社会热点问题”。所谓社会热点问题，包括社会保障、司法公正、反腐倡廉、个人收入、房价调控、医疗改革、物价调控、环境污染、食品安全、教育改革等。不同社会热点问题之间的关联性强，它们相互交织、相互影响，往往“牵一发而动全身”。如果应对和处理不及时、不妥当，就很容易引起群众的不满和对立情绪，甚至演变成群体性事件。

文章认为，2010年全国群体性事件呈高位运行的状态，其中相当一部分就是由于对热点问题处理不当而引起的。社会热点问题凸显及其新特点表明，我国改革发展又到了一个新关口，有效的办法是“官民共建”。

其实，问题的关键不是要不要“官民共建”，而是要落到实处。大社会是要每个人各得其所、各尽其能、各司其职，才能做到纠偏、纠错、不纠缠、不纠结。

近日，《南方都市报》发表了中央编译局副局长俞可平的一篇文章，其中谈到，社会组织是公民参与的重要渠道，民间组织是沟通政府与公民的桥梁，社会组织对各级政府的决策正在产生日益重要的影响，许多地方的社会组织开始承担部分政府的公共服务，为提升公共服务的质量作出贡献。还举例说，广东放开社会组织建设是因为社会组织只占西方的1/30、1/10等等。

这就触到了问题的根本，这样去想、去做才能不纠缠而纠偏。

《人民日报》一篇关于由民间人士发起的“免费午餐”计划的评论说：“如果这一计划能促成政府、社会组织和民间力量在更大范围内的良性互动，就不仅仅是解决孩子的午餐问题，更可能成为政府与民间协同共治的范例。在食品安全治理中，有些部门常常抱怨人手不足。人手不足是个问题，但更大问题也许在于社会性自治力量不足。”

这些评论虽对，但纠结的问题仍没得到解决。

由民间公益人士在浙江、贵州、湖南、河南等地组织发起的“免费午餐”铺开（来源：新华网）

学界用80%来研究社会解决方案，20%来研究理论；实力企业家与大贾富人用生活以外的80%财富回报社会，20%回报亲友和留给儿女；公民80%时间与努力维持自身幸福，20%给人快乐与维护社会幸福生态。

以上三个“80/20”可否成为社会人与自然人建设幸福大社会的共勉呢？

参考文献

1. 广东省人民政府，广东省委宣传部．幸福广东．广州：广东人民出版社，2011.

2. 王先胜，柏萍．广东加强社会建设学习读本——《中共广东省委、广东省人民政府关于加强社会建设的决定》解读．广州：广东人民出版社，2011.

3. 张强．广东民生问题与政府行为研究．广州：广东教育出版社，2010.

4. 林雄．经典广东．广州：广东教育出版社，2009.

5. 王桂科．幸福是朵花——“建设幸福广东”读本．广州：广东教育出版社，2011.

6. 李宜航．春天里的幸福广东．广州：羊城晚报出版社，2011.

7. 王廉．全球城市集团与中国城市国际化．广州：暨南大学出版社，2008.

8. 毛蕴诗，吴瑶．中国企业：转型升级．广州：中山大学出版社，2009.

9. 虢正贵，彭继球，企业转型升级之路．北京：中华工商联合出版社有限责任公司，2011.

10. 广东省省情调查研究中心．与幸福同行：转型期社会建设专家谈．广州：广东教育出版社，2011.

11. 人民日报理论部．大变局——中国经济发展新趋势解读.

北京：人民日报出版社，2011.

12. 汪一洋．广东“双转移”战略：广东经济转型之路．广州：广东经济出版社，2010.

13. 苟志效．解放思想在广东．广州：广东人民出版社，2009.

14. 陈俊凤．广东经济发展探索录．广州：广东人民出版社，2009.

15. 孙凤．和谐社会与主观幸福感．北京：科学出版社，2008.

16. 王廉．话语权经济．广州：暨南大学出版社，2008.

17. 陈秉安．大逃港——中国改革开放的催生针．广州：广东人民出版社，2010.

18. 张强．广东民生问题政府行为研究．广州：广东教育出版社，2010.

19. 陈鸿宇．广东加快转变经济发展方式十讲．广州：广东人民出版社，2010.

20. 涂洪波．广东民生报告2011. 北京：社会科学文献出版社，2012.

21. 蔡禾．广东民生报告2010. 广州：中山大学出版社，2012.

后　记

走向绿色时代

——低碳、智慧、和谐、幸福新文明来临

幸福是人类追求的过程与终极目标。低碳、智慧、和谐、幸福是推进人类可持续发展的必然选择。

20世纪60年代，美国生物学家卡逊女士出版了著作《寂静的春天》。书中向国民提出警告：杀虫剂和化学品的滥用引发了生态和健康的灾难，连雀鸟也被毒害，鸟的歌声也听不到，春天变得寂静了。卡逊女士在书中指出，由于人的错误观念和行为，原本生机勃勃的春天如今陷入了一片死寂。卡逊女士的呼吁给美国带来一场意识革命，由此揭开了人类环保运动的序幕。这是人类伦理思想史上的一次“哥白尼式”的革命。

科学发展观是党的十六大以来党中央突出强调的一个重要思想和基本要求。它昭示着我国从第一次以经济为主的转型，向第二次社会管理的转型。

经济向社会管理转型，必须改正GDP挂帅的思路，充分考虑资源、能源和生态环境的压力，要在国家主体功能区、城市、产业规划三统一的指导下，发展蓝色经济、海洋经济；要在低碳经济模式下，大力发展绿色能源、绿色交通、绿色建筑，推动中国的绿色革命。

《中国21世纪议程》的制定、《中国生物多样性保护行动计划》的确定、中国21世纪议程管理中心的成立，标志着中国正

跨入一个可持续发展和文明发展的历史新时期。目前中国正在探索中国特色的生态文明建设道路，全面建立以低碳、智慧、和谐、幸福为价值目标的经济社会发展体系，即生态文明发展体系。

《大转型》正是基于低碳时代的来临，强调单纯从经济挂帅向社会管理的综合发展，包括就业、GDP、环境、生活生存质量。简单地说，我们今天需要的是健康、低碳、和谐的幸福转型，而不是单纯的某一方面的幸福，这正是我们对幸福的理解和追求。也希望该书的问世，能够抛砖引玉。

作　者

2012 年 8 月